संपूर्ण समाधान

समस्याएँ जीवन में निराशा पैदा करती हैं और समाधान उत्साह। दुनिया में कोई ऐसी समस्या नहीं है, जिसका समाधान नहीं है। बस जरूरत है समस्याओं के कारण को जड़ से समझने की और सकारात्मक सोच से समाधान खोजने की। हमारी कोशिश होनी चाहिए कि हम सदा समाधान का हिस्सा बनें, समस्याओं का नहीं।

—राजेंद्र गोयनका

सामाजिक-आर्थिक अभ्युदय

राष्ट्र की प्रमुख समस्याओं के समाधान पर एक दूरदर्शी चिंतन

राजेंद्र गोयनका

प्रकाशक

प्रभात प्रकाशन प्रा. लि.

4/19 आसफ अली रोड, नई दिल्ली-110002

फोन : 011-23289777 • हेल्पलाइन नं. : 7827007777

इ-मेल : prabhatbooks@gmail.com ❖ वेब ठिकाना : www.prabhatbooks.com

संस्करण

प्रथम, 2025

पेपरबैक मूल्य

चार सौ रुपए

मुद्रक

आर-टेक ऑफसेट प्रिंटर्स, दिल्ली

★

SAMPOORNA SAMADHAN
by Shri Rajendra Goenka

Published by **PRABHAT PRAKASHAN PVT. LTD.**
4/19 Asaf Ali Road, New Delhi-110002

ISBN 978-93-5562-417-8

₹ 400.00 (PB)

संपूर्ण समाधान के आदर्श सूत्र

'हम भारत के लोग...' (वी द पीपुल ऑफ इंडिया) की आत्मस्वीकृति के साथ हमने 'इंडिया दैट इज भारत' (अब 'भारत दैट इज इंडिया' का समय आ गया है।) के लिए संविधान को आत्मार्पित किया था। उसका मूल है—'समस्त नागरिकों को सामाजिक, आर्थिक और राजनैतिक न्याय...और अवसर की समानता प्रदान करना।' संविधान की इन मौलिक संकल्पनाओं को 'लोक' के हित में व्यावहारिक कार्यरूप प्रदान करना सरकार का और हमारा भी दायित्व है। नागरिकों की खुशहाली और सम्मान की रक्षा के लिए क्या किया जाए तथा क्या किया जा सकता है, यह चिंतन केवल सरकार के स्तर पर होने पर एक एकांगी चिंतन प्रतीत होता है और यही होता रहा है।

भारत में विचारों और विचारकों की कमी कभी नहीं रही है, किंतु समाज के प्रबुद्ध वर्ग के चिंतनशील मेधावियों के विचारों और सुझावों को सरकारें तात्कालिकता के आधार पर, नौकरशाही की अभिरुचि और राजनीति के हानि-लाभ के समीकरणों के आधार पर इनके बारे में निर्णय करती रही हैं। लोकशाही में लोकतंत्र की आत्मा, यानी 'लोक' या सामान्य नागरिक के सम्मानजनक जीवन के लिए किए गए प्रयासों, योजनाओं और इनके क्रियान्वयन में वास्तविकता से सामंजस्य का अभाव चिंता और चिंतन का विषय होना चाहिए।

आमजन की इसी चिंता को चिंतन के आधार पर मुखर करते हुए दूरदर्शी समाजविज्ञानी एवं चिंतक श्री राजेंद्र गोयनका की प्रस्तुत कृति 'संपूर्ण समाधान' भारतीय विचारकों की उस ऐतिहासिक परंपरा में एक उल्लेखनीय कड़ी और

योगदान है, जो भारत के सनातन और शाश्वत मूल्यों पर आधारित सामाजिक संरचना को व्यावहारिक धरातल पर तथा प्रश्नों-समस्याओं के एक उपयोगी समाधान के रूप में प्रस्तुत करने के लक्ष्य पर केंद्रित है। चाणक्य जैसे मनीषियों ने तत्कालीन समाज-नीति, राजनीति, आर्थिकी, राजनय, श्रम, समरनीति, कृषि, व्यापार तथा समाज में बौद्धिक वर्ग की भूमिका पर आधारित सम्यक् चिंतन प्रस्तुत कर शासन-प्रशासन और शासकों का मार्गदर्शन किया था। उनके ऐतिहासिक वैचारिक अवदान का महत्त्व काफी समय बाद भारत और विश्व के विचारकों, नीति-नियामकों और शासकों (लोकतंत्र में निर्वाचित प्रतिनिधियों) को समझ आ सका।

प्रस्तुत पुस्तक का एक पाठक के रूप में अध्ययन करते हुए लेखक की उस लोककेंद्रित मनोवृत्ति और संकल्पों का स्वाभाविक आभास होता है, जो लोक की पीड़ा को अभिव्यक्ति प्रदान करती है। लेखक ने अपने बहुआयामी अनुभवों और अध्ययन के आधार पर सरकारों और जन-प्रतिनिधियों के लिए अपनी पुस्तक को एक प्रेरक 'गीता' के रूप में प्रस्तुत करते हुए अपनी ही नहीं, समाज की पीड़ा को अभिव्यक्ति प्रदान कर उनके लिए सम्यक्, आदर्श समाधान प्रस्तुत करने की सार्थक चेष्टा की है।

समाज में सन्नाटा या अभिव्यक्ति का अभाव समाज और सरकारों के दिग्भ्रमित होने का बहुत बड़ा कारण है। प्रश्न हैं, समस्याएँ भी हैं, पर उनके संबंध में मौन घातक है। समाधान भी हैं, पर इन चिंतनशील नागरिकों का मौन लोकतंत्र के लिए घातक है। इसे ही चिंतक-राजनीतिज्ञ राममनोहर लोहिया ने कहा : 'सड़कों पर सन्नाटा हो तो संसद् आवारा हो जाती है।' इसी सन्नाटे को चीरने का मुखर प्रयास प्रस्तुत पुस्तक में स्पष्ट परिलक्षित होता है। इस वैचारिक मौन को तोड़ती और समाज तथा सरकार को कुरेदती प्रस्तुत पुस्तक अपने आप में एक गंभीर और साहसिक प्रयास है। पुस्तक केवल काल्पनिक नहीं, बल्कि सर्वथा व्यावहारिक समाधान पर आधारित विचार प्रस्तुत करती है।

पुस्तक के सभी दस अध्यायों में समाधान के अनेक उपयोगी, प्रयोजनमूलक और सार्थक सुझाव सूत्र रूप में उपलब्ध हैं। वस्तुतः ये सूत्र नीति-नियामकों,

राजनेताओं, योजनाकारों तथा शासनतंत्र के लिए विभिन्न समस्याओं और प्रश्नों के समाधान के व्यावहारिक सूत्र हैं। समाधान की कुंजी हैं।

गांधीजी ने लोकतंत्र की सफलता का मापदंड निरूपित करते हुए स्पष्ट अवधारणा दी और आजादी के संघर्ष के बाद एक रास्ता दिखा दिया—'आजादी की सफलता तभी सिद्ध होगी, जब आजाद भारत की स्वतंत्रता की रोशनी (सभी लाभ) उस अंतिम व्यक्ति या उस लक्ष्य जन तक पहुँचे, जो 'वंचित' हैं।' इस दिशा में 75 वर्षों में किए गए प्रयासों और योजनाओं के लाभ कहाँ तक आमजन तक और 'सर्वजन हिताय' के लक्ष्य तक पूर्ण रूप से पहुँचे' यह प्रश्न और इसके उत्तर अपेक्षित हैं। लोकतंत्र के आत्मालोचन का यह प्रासंगिक विषय है।

प्रश्न और समस्याएँ चिरंतन काल से मानव को उद्वेलित, प्रेरित और प्रयासोन्मुख करती रही हैं। प्रश्नों और समस्याओं के समाधान भी हमारे पास ही, यहीं हैं! यही प्रस्तुत पुस्तक का मूल कथ्य है। भारत की 'कल्याणकारी राज्य' (वेलफेयर स्टेट) की संवैधानिक संकल्पना और सिद्धांतों को कृषि, उद्योग-व्यापार, करनीति, स्वास्थ्य, कानून और न्यायपालिका, शिक्षा, भ्रष्टाचार उन्मूलन, सांप्रदायिक सौहार्द आदि क्षेत्रों की समस्याओं और प्रश्नों के समाधान हेतु क्रियान्वित करने हेतु समस्याओं के समाधान की अपेक्षाएँ हैं। अत्यंत सामयिक वैचारिकी पर आधारित इस पुस्तक के तथ्य समीचीन रूप से मार्गदर्शक सिद्धांत के रूप में प्रतिपादित हैं। पुस्तक की एक विशिष्टता अद्यतन एवं तुलनात्मक वैज्ञानिक आँकड़ों की प्रभावी प्रस्तुति है, जो इसे तार्किक और विश्वसनीय बनाती है। बुनियादी ढाँचे की स्थिति और सकारात्मक परिवर्तन की जन-अपेक्षाएँ तथा सदी की सबसे आक्रामक समस्याओं महँगाई, गरीबी उन्मूलन और रोजगार संबंधी विचार पुस्तक की एक अन्य मौलिक संकल्पना—'स्वराज से सुराज की ओर' को व्यावहारिक स्वरूप प्रदान करने की दृष्टि से अत्यंत उपयोगी एवं व्यवहार्य हैं।

श्री राजेंद्र गोयनकाजी के 50 वर्षों के व्यवसाय, प्रतिष्ठित व्यवसायी संगठन काशी व्यापार प्रतिनिधिमंडल के अध्यक्ष के रूप में किए गए कार्यों और उपलब्धियों का मैं निरंतर साक्षी रहा हूँ। उनकी कार्यशैली प्रखर है और सर्वदा

तार्किकता पर आधारित रही है। एक चिंतक और चिंतनशील व्यवसाय-प्रमुख के रूप में उनकी इस वैचारिक पुस्तक में सिद्धांत और व्यवहार पर आधारित उनके विचारों की प्रासंगिकता पाठकों, सरकार और नीति-नियामकों के लिए चाणक्य नीति—कौटिल्य नीति की भाँति एक मार्गदर्शक ग्रंथ सिद्ध होगी, ऐसी आशा स्वाभाविक है।

'देश की महान् जनता को समर्पित' इस पुस्तक की अंतर्वस्तु के संबंध में लेखक श्री राजेंद्र गोयनका की यह आत्मस्वीकृति विशिष्ट है—'इस पुस्तक में विभिन्न क्षेत्रों में कार्य कर रहे लोगों से उनकी समस्याओं को जानकर उन्हीं के माध्यम से समाधान खोजने का प्रयास किया गया है। मैं यह दावा नहीं कर सकता कि सभी समस्याओं के समाधान के लिए इस पुस्तक में दिए हुए सुझाव ही काफी हैं। इन तमाम विषयों पर व्यापक परिचर्चा एवं गंभीर चिंतन की आवश्यकता है। उक्त प्रश्नों और शंकाओं का हल खोजकर तथा उनका निराकरण करके ही हम नए भारत का अभ्युदय करने में सफल होंगे।' यह आत्मस्वीकृति पुस्तक की प्रामाणिकता का सारांश है; साथ ही लेखक की विनम्र वृत्ति की परिचायक है।

आशा है, पुस्तक समाज, सरकार और 'लोक' के लिए एक वैचारिक प्रेरणा और उद्वेलन का मार्ग प्रदर्शित करेगी। लोकतंत्र और शासन के भटकते जहाज के लिए पुस्तक की भूमिका एक दीपस्तंभ (लाइट हाउस, जो भटके हुए जहाजों को सही रास्ता दिखाकर उन्हें सही गंतव्य या लक्ष्य तक पहुँचाता है) के रूप में स्वीकृत और मान्य होगी।

व्यवसाय-जगत् के एक सफल उद्यमी की राष्ट्रचेतना वैचारिक रूप में इस पुस्तक की अंतर्वस्तु की भाँति पूरे समाज में प्रस्फुटित हो और एक अनुकरणीय आदर्श बने, इन्हीं शुभकामनाओं के साथ... !

'भवतु सब्ब मंगलम्... !'

—प्रो. राम मोहन पाठक

पूर्व कुलपति, दक्षिण भारत हिंदी प्रचार सभा, चेन्नई

एवं नेहरू ग्राम भारती डीम्ड यूनिवर्सिटी, प्रयागराज

प्रस्तावना

एक सपना देखा गया था आजादी से पहले। वह था शोषणरहित, शासन मुक्त, अहिंसक समाज का। ऐसा समाज, जिसमें नागरिकों का शोषण न हो सके तथा समाज पर शासन का कम-से-कम दबाव हो। आजादी के 77 सालों के बाद हमें अपनी स्थिति का मूल्यांकन करने की जरूरत है। इन सतहत्तर सालों के बाद भी इस देश के बहुत से लोग शोषण, उत्पीड़न व अत्याचार के शिकंजे में आज भी जकड़े हुए हैं। स्वतंत्रता का मकसद तो तभी साकार होगा, जब सीखचों में जकड़ी व्यवस्था से निकलकर आम आदमी अपने आप को आजाद महसूस कर सके।

महात्मा गांधी ने कहा था कि स्वराज का अर्थ है सरकारी नियंत्रण से मुक्त होने के लिए लगातार प्रयास करना, फिर वह नियंत्रण विदेशी सरकार का हो या स्वदेशी सरकार का। यदि स्वराज हो जाने पर लोग अपने जीवन की हर छोटी-से-छोटी बात के लिए सरकार का मुँह ताकना शुरू कर दें तो वह स्वराज किसी भी काम का नहीं होगा।

गांधीजी के परम अनुयायी अब्दुल गफ्फार खान 'सीमांत गांधी' जब अपनी मृत्यु के कुछ वर्ष पूर्व भारत आए थे तो अंग्रेजों की गुलामी से ज्यादा शोषित व कष्टदायक जीवन जी रही यहाँ की जनता को देखकर उनका हृदय भर आया था और दिल्ली के लाल किला मैदान में भाषण देते हुए उन्होंने कहा था कि हिंदुस्तान को आजादी इसलिए नहीं दिलाई गई कि अंग्रेज शासन छोड़ दें और हिंदुस्तानी राज करने लग जाएँ। सैकड़ों वर्षों से

गुलाम इस देश को जिन लोगों की कुर्बानी ने आजाद कराया था, आज जब वो देखते हैं कि आज भी यहाँ की जनता, अपने ही घर में, अपने ही लोगों की गुलाम बनी बैठी हैं; आज भी इस देश की माँ और बहनों की इज्जत चौराहों पर टँगी है तो वे पीड़ा से कराह उठते हैं। इन सतहत्तर सालों में हम आर्थिक रूप से बरबाद हो चुके हैं। जनता की आमदनी को देखते हुए उससे बेहिसाब कर वसूला जा रहा है। सामानों के दाम आसमान छू रहे हैं। शहरों व गाँवों में अपनी सुरक्षा और विकास के लिए जी-तोड़ मेहनत की कमाई सरकार को टैक्स के रूप में देने वाली जनता गुंडों, चोरों, बदमाशों और हत्यारों से असुरक्षित है।

आज समाज का प्रत्येक आदमी त्रस्त है। चिंतित है। परेशान है। किसान खुशहाल नहीं है। उसे अपनी उपज का सही मूल्य नहीं मिलता। उद्यमी एवं व्यापारी नौकरशाही तथा लालफीताशाही के कारण परेशान हैं। इस देश के करोड़ों मजदूरों को दो जून की रोटी भी नसीब नहीं होती। करोड़ों बच्चे कुपोषण के शिकार हैं। आज भी लाखों अबलाएँ, कमजोर एवं अपंग लोग, छोटे-छोटे बच्चे सड़क पर भीख का कटोरा लेकर घूमने को मजबूर हैं।

आजादी के बाद से आज तक इस देश में राजनैतिक एवं प्रशासनिक स्तर पर भारी भ्रष्टाचार हुआ है। पूर्व के दो प्रधानमंत्रियों—राजीव गांधी एवं अटल बिहारी बाजपेयीजी ने यह स्वीकार किया था कि देश के खर्च का केवल 15 प्रतिशत पैसा ही जनता के हित में लगता है, बाकी भ्रष्टाचारियों की जेब में चला जाता है। प्रधानमंत्री मोदीजी भी लगातार भ्रष्टाचारियों को न छोड़ने की बात कहते हैं।

इसका मतलब साफ है कि जो लोग नीतियों का कार्यान्वयन करते हैं अथवा जिनके कार्यों व फैसलों से जनता प्रभावित होती है। चाहे वह निचले स्तर पर बैठा हुआ लेखपाल हो, चाहे पुलिस का दारोगा हो, चाहे कर वसूलनेवाले अधिकारी हों या फिर उच्च पदों पर बैठे क्षमतावान लोग हों, इन तमाम लोगों ने जनता को बुरी तरह से लूटा है। हमारे देश की प्राकृतिक संपदाओं को, जंगलों को, कोल संपदा को, खनिज संपदा को, पहाड़ों को

लूटा गया है। सभी सरकारें चाह कर भी जनता को इस भ्रष्टाचार के शोषण से मुक्ति नहीं दिला पाई हैं।

हमें सोचना होगा कि आज कैसा हमारा तंत्र है, कैसी व्यवस्था है। सारे देश की धरती पर जान देने वाले करोड़ों लोगों को इस धरती के एक इंच को भी अपना कहने का अधिकार नहीं है। इन 77 सालों के स्वयं के शासन में समाजवाद के नारे के बीच गरीब और ज्यादा गरीब तथा अमीर और ज्यादा अमीर बन गया है।

हमें अपने सपनों का एक ऐसा भारत बनाना है, जहाँ किसान, मजदूर, व्यापारी, उद्यमी और विद्यार्थी, सभी शारीरिक, मानसिक, आध्यात्मिक व भौतिक दृष्टि से सबल होकर राष्ट्र का सर्वांगीण विकास कर सकें।

इस पुस्तक में विभिन्न क्षेत्रों में कार्य कर रहे लोगों से उनकी समस्याओं को जानकर उन्हीं के माध्यम से समाधान खोजने का प्रयास किया गया है।

मैं यह दावा नहीं कर सकता कि सभी समस्याओं के समाधान के लिए इस पुस्तक में दिए हुए सुझाव ही काफी हैं। इन तमाम विषयों पर व्यापक परिचर्चा एवं गंभीर चिंतन की आवश्यकता है। उक्त प्रश्नों और शंकाओं का हल खोजकर तथा उनका निराकरण करके ही हम नए भारत का अभ्युदय करने में सफल होंगे।

प्रेरणा

यह पुस्तक केवल इस चिंतन पर आधारित है कि देश के विभिन्न क्षेत्रों में क्या हो रहा है तथा होना क्या चाहिए। वह कौन सी बातें हैं, जो नागरिकों को तकलीफ देती हैं और वे कौन से कदम हैं, जिनसे नागरिक खुशहाल हो सकते हैं। वे कौन से कदम हैं, जो बेरोजगारी, भुखमरी, भ्रष्टाचार, महँगाई, घूसखोरी पर अंकुश लगा सकते हैं तथा नागरिकों के स्वतंत्र जीवन का मार्ग प्रशस्त कर सकते हैं। अनेक वर्षों से व्यापारियों, किसानों, मजदूरों, छात्रों तथा बुद्धिजीवियों से मैंने यह जानने का प्रयास किया है कि आखिर सरकार ऐसा क्या करे, जिससे सामान्य नागरिक मानसिक और शारीरिक रूप से स्वस्थ रहकर, तमाम चिंताओं से दूर रहकर एक अच्छी सम्मानजनक जिंदगी जी सके।

मेरी यह पुस्तक देश की महान् जनता को समर्पित है।

—राजेंद्र गोयनका

स्वराज से सुराज की ओर...

हमारा उद्देश्य है कि—हम शोषणरहित, सत्तामुक्त, अहिंसक समाज की स्थापना करें, यानी एक ऐसी व्यवस्था बने, जिसमें नागरिकों का शोषण न हो सके तथा समाज पर सत्ता का कम-से-कम दबाव हो। स्वतंत्रता का मकसद तभी साकार होगा, जब जकड़ी हुई व्यवस्था से निकलकर आम नागरिक अपने आप को आजाद महसूस कर सके।

हम चाहते हैं कि—किसानों को उसकी उपज का उचित मूल्य मिले। मजदूर को कीमतों का क्रयशक्ति से चिरस्थाई संबंध स्थापित हो। उद्यमी व व्यापारी को ऐसा वातावरण मिले, जहाँ उसे कार्य करने की स्वतंत्रता हो तथा विद्यार्थी को नई शिक्षा-प्रणाली मिले।

हमारा लक्ष्य है कि—राष्ट्र का सर्वांगीण विकास हो। शिक्षा के क्षेत्र में, स्वास्थ्य की दृष्टि से, उद्योग व व्यापार की दृष्टि से, खेती के मामले में तथा रोजगार की दृष्टि से राष्ट्र अन्य सबल राष्ट्रों की तुलना में पहली पंक्ति में खड़ा हो।

एक ऐसी व्यवस्था बने—जहाँ भयमुक्त वातावरण हो। जहाँ आम आदमी अपने आप को सुरक्षित महसूस करे। जहाँ महिलाओं की इज्जत व आबरू बची रहे।

हमारा सपना है—एक नए भारत का निर्माण। जात-पाँत, ऊँच-नीच के भेदभाव से मुक्त, एक मजबूत ताकतवर राष्ट्र। स्वस्थ व जागरूक भारत। भूख व गरीबी से मुक्त भारत। लहलहाती हुई फसलें, उद्योगों का जाल, हर हाथ को काम, स्वच्छंद, संपन्न व सम्मानजनक जिंदगी।

आभारोक्ति

प्रस्तुत पुस्तक के संपूर्ण लेखन कार्य व प्रूफ-रीडिंग में मुझे श्री मुकेश मिश्रा, डॉ. संदीप पांडे व श्री जयदीप सिंहजी से विशेष सहयोग प्राप्त हुआ।

श्री रवि पाटोडिया, श्री देवेशपति त्रिपाठी, पद्मश्री श्री चंद्रशेखर सिंहजी, श्री राजेंद्र उपाध्यायजी, श्री आलोक पारिख, वरिष्ठ पत्रकार अमिताय भट्टाचार्य आदि से पुस्तक के विभिन्न विषयों पर उनके विचारों व मार्गदर्शन का मुझे लाभ प्राप्त हुआ। मैं हृदय से उन सभी का आभार व्यक्त करता हूँ।

विशेषकर मैं बहुत आभारी हूँ प्रो. राम मोहन पाठकजी का जिन्होंने इस पुस्तक का आमुख लिखकर मुझे कृतार्थ किया है।

इस कार्य में प्रत्यक्ष या परोक्ष सहयोग हेतु सभी किसान बंधुओं, व्यापारियों, मजदूरी करने वालों तथा न्यायविदों का, जिनसे मैंने समस्याओं के बारे में जाना व उनके समाधान का रास्ता भी इन्होंने बताया, जिसके कारण मुझे इस पुस्तक को लिखने की प्रेरणा मिली, उन सबको मैं प्रणाम करता हूँ।

मुझे पूरा विश्वास है कि समाज के हर वर्ग के तमाम अनुभवी लोगों के दिशा-निर्देशन में लिखी गई यह पुस्तक राष्ट्र के अनेक गंभीर समस्याओं के समाधान के निराकरण के लिए वर्तमान नीति निर्माताओं व भावी राष्ट्र-निर्माणकर्ताओं के लिए ठोस चिंतन का आधार प्रस्तुत करेगी।

—राजेंद्र गोयनका

अनुक्रम

आमुख : संपूर्ण समाधान के आदर्श सूत्र *5*

प्रस्तावना *9*

प्रेरणा *13*

स्वराज से सुराज की ओर... *15*

आभारोक्ति *17*

कृषि

• कृषि 23

महँगाई गरीबी–उन्मूलन रोजगार

• महँगाई गरीबी–उन्मूलन रोजगार 59

उद्योग व व्यापार

• उद्योग व व्यापार 75

कर नीति

• कर नीति 103

स्वास्थ्य

• स्वास्थ्य 111

बुनियादी ढाँचा

• बुनियादी ढाँचा 125

न्यायपालिका एवं कानून-व्यवस्था

• न्यायपालिका एवं कानून-व्यवस्था 139

शिक्षा

• शिक्षा 155

भ्रष्टाचार एवं जनलोकपाल

• भ्रष्टाचार एवं जनलोकपाल 165

सांप्रदायिक सौहार्द

• सांप्रदायिक सौहार्द 177

कृषि

कृषि

“कृषि-उत्पादों का मूल्य बाजार की ताकतों पर न छोड़कर सरकार द्वारा निर्धारित किया जाना चाहिए। मुख्य फसलों को निर्धारित मूल्य पर ज्यादा-से-ज्यादा सरकार द्वारा स्वयं खरीदकर उस पर नियंत्रण करना चाहिए तथा किसानों द्वारा सरकार को बेचे जाने वाले अनाज पर प्रोत्साहन राशि भी दी जानी चाहिए।”

आज देश में साठ फीसदी आबादी गाँवों में कृषि पर निर्भर है। 77 वर्षों तक सिंचाई के संसाधनों में अपेक्षाकृत विस्तार न होने के कारण खेती का एक बड़ा हिस्सा आज भी मानसून पर निर्भर है। '70 के दशक में देश में हरित क्रांति की शुरुआत हुई, जिसके बाद निश्चित रूप से पैदावार में भारी वृद्धि हुई। देश में जहाँ 30 करोड़ की आबादी को खिलाने के लिए अनाज नहीं था, विदेशों से गेहूँ का आयात किया जाता था, वहीं देश में प्रति हेक्टेअर पैदावार में भारी वृद्धि कर अनाज की कमी को दूर कर लिया गया। इसके बावजूद देश का अन्नदाता किसान आज भी गरीबी की मार से नहीं उबर पाया है।

इसके दो सबसे बड़े कारण है। पहला—ज्यादातर किसान छोटी जोत के है, उसके पास इतना अनाज ही नहीं पैदा होता, जिससे उसके परिवार का भरण–पोषण हो सके। दूसरा—किसान के पास धन का अभाव तथा भंडारण

की व्यवस्था न होने के कारण कम मूल्य पर उसे अपनी फसल बेचने के लिए बाध्य होना पड़ता है, किसान लागत के हिसाब से फसल का बिक्री मूल्य तय नहीं कर पाता, बल्कि बाजार की ताकतें तथा फसल की उपलब्धता बिक्री का मूल्य तय करती हैं। जब फसल कम होती है, तब बाजार भाव ज्यादा होने पर भी कम फसल होने के कारण उसे प्रयाप्त लाभ नहीं प्राप्त हो पाता और जब उसकी फसल ज्यादा हो जाती है तो बाजार में भाव इतने ज्यादा गिर जाते हैं, जिससे माँग कम होने के कारण उसे लागत से कम मूल्य पर अनाज बेचना पड़ता है। कभी-कभी उसे अपनी उत्पादित फसल फेंक देनी पड़ती है। अत: किसान को उसकी फसल का लाभकारी मूल्य प्राप्त हो, उसे इतनी आय हो सके, ताकि वह अपने परिवार का सम्मानपूर्वक भरण-पोषण कर सके। इसके लिए व्यापक योजना बनाने की आवश्यकता है।

कृषि व उद्योग-अंतर

उद्योग अपने द्वारा निर्मित वस्तुओं का मूल्य तय करते समय कच्चे माल की कीमत, उस पर लगी मजदूरी तथा अन्य खर्च जोड़कर उस पर अपना मुनाफा तय करता है। उसके बाद विक्रेता का कमीशन तय करता है, तब ग्राहक को बेचने का मूल्य निर्धारित करता है, मगर किसान द्वारा पैदा की गई फसलों की कीमत माँग व आपूर्ति पर निर्भर करती हैं। उनका मूल्य बाजार निर्धारित करता है। मैं समझता हूँ कि कृषि-उत्पादनों का मूल्य बाजार की ताकतों पर न छोड़कर सरकार द्वारा निर्धारित किया जाना चाहिए।

ज्यादा श्रमशक्ति-कम योगदान

भारत में कृषिक्षेत्र में लगभग 50 प्रतिशत श्रमशक्ति कार्य करती है, लेकिन जी.डी.पी. में इसका योगदान केवल 17.5 प्रतिशत है। वहीं 1950 के दशक में कृषिक्षेत्र का योगदान लगभग 54 प्रतिशत था। पिछले कुछ वर्षों में कृषिक्षेत्र की वृद्धि दर भी अस्थिर रही है। 2005-06 में जहाँ यह दर 5.8 प्रतिशत थी, वहीं 2009-10 में 0.4 प्रतिशत, 2014-15 में (0.2) प्रतिशत,

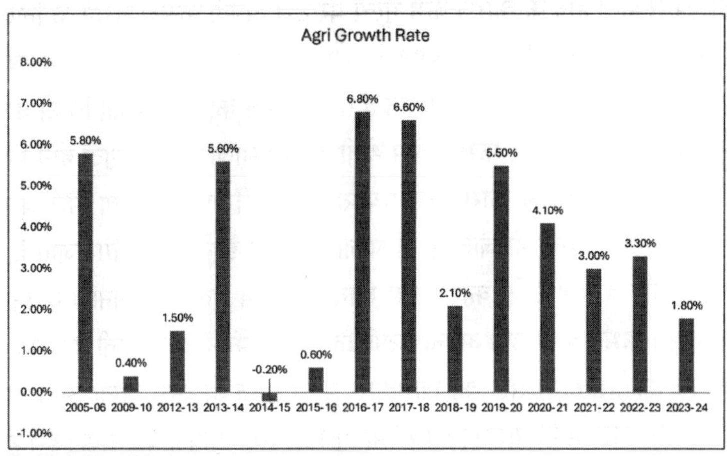

Fig. 1.1 - Agri Growth Rate
Source: Ministry of Agriculture & Farmer Welfare

2015–16 में 0.6 प्रतिशत, 2016–17 में 6.8 प्रतिशत एवं 2019–20 में फिर गिरकर 5.5 प्रतिशत, 2020–21 में 4.1 प्रतिशत, 2021–22 में 3.0 प्रतिशत और 2023–24 में अनुमान के अनुसार 1.8 प्रतिशत। इससे खेती में निवेश करने के लिए किसानों की कर्ज लेने की क्षमता भी प्रभावित होती है।

किसानों की घटती आय

परिवारों में वृद्धि होने के साथ–साथ खेती की जमीनों का आकार भी घट रहा है तथा पर्याप्त सिंचाई की सुविधा न होने के कारण, उर्वरकों के ज्यादा प्रयोग से मिट्टी की उर्वरता कम होने के कारण, आधुनिक तकनीक उपलब्ध न होने के कारण तथा सरकारी एजेंसियों द्वारा पूरी खरीद न करने के कारण किसानों की आय घटती जा रही है।

हरित क्रांति का सकारात्मक प्रभाव

खाद्यान्नों का कुल उत्पादन 1950–51 के 51 मिलियन टन से बढ़कर 2015–16 में 252 मिलियन टन हो गया। वहीं 2020–21 में 295 मिलियन टन तथा 2021–22 में 315 मी. टन एवं 2022–23 में 330 मी. टन रहा।

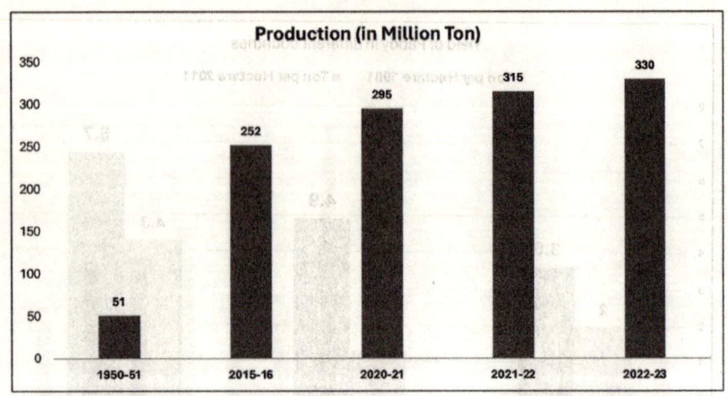

Fig-1.2 Total Agriculture Production (in Million Ton)
Source: Ministry of Agriculture & farmer Welfare

1970 के दशक में हरित क्रांति के बाद गेहूँ व चावल के उत्पादन में जबरदस्त वृद्धि हुई और 2015-16 तक देश के कुल खाद्य उत्पादन में गेहूँ व चावल का योगदान 78 प्रतिशत हो गया। स्पष्ट है कि जहाँ 1960 के दशक में भारत में खाद्यान्नों की भारी कमी थी, गेहूँ का आयात करना पड़ता था, वहीं 1970 के दशक में हम गेहूँ व चावल का इतना उत्पादन करने लगे कि हम निर्यातक देश बन गए।

कृषि उपज में तुलनात्मक वृद्धि

अन्य देशों की तुलना में भारत में प्रति हेक्टेयर कृषि उत्पादकता की बढ़ोत्तरी दर बहुत धीमी रही है। उदाहरण के तौर पर ब्राजील में चावल की उपज 1981 में 1.3 टन प्रति हेक्टेयर थी, वहीं 2011 में बढ़कर 4.9 टन प्रति हेक्टेयर हो गई। इसके मुकाबले भारत में उपज 2.0 टन प्रति हेक्टेयर से ज्यादा-से-ज्यादा 3.6 टन प्रति हेक्टेयर हुई। वहीं चीन में चावल की उत्पादकता 4.3 टन से बढ़कर 6.7 टन प्रति हेक्टेयर हो गई। भारत के कृषिक्षेत्र की तुलना यदि हम चीन से करते हैं तो चीन में कृषि योग्यभूमि, जहाँ 120 मिलियन हेक्टेयर है, वहीं भारत में यह 156 मिलियन हेक्टेयर है। कुल सिंचित क्षेत्र चीन के 41 प्रतिशत के मुकाबले भारत में 48 प्रतिशत

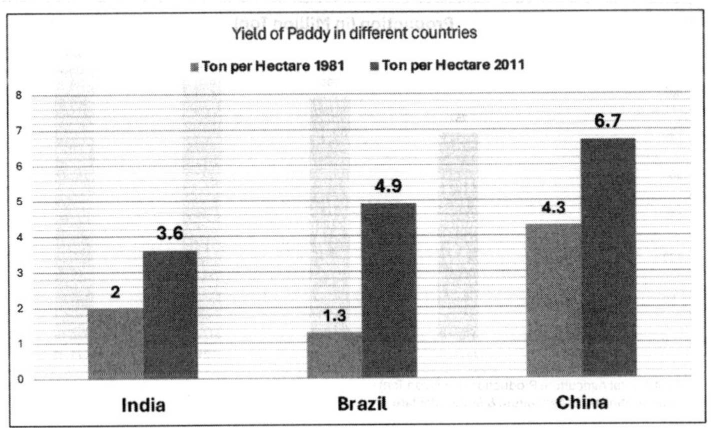

Fig-1.3 Yield of paddy in different countries
Source: Ministry of Agriculture & farmer Welfare

है। सकल बुआई क्षेत्र चीन के 166 मिलियन हेक्टेयर के सापेक्ष भारत में 198 मिलियन हेक्टेयर है। लेकिन कुल कृषि–उत्पादन जहाँ चीन में 1367 बिलीयन डॉलर है, वहीं भारत में केवल 407 बिलियन डॉलर है। इसका कारण है चीन ने कृषि–संबंधी अनुसंधान व विकास में ज्यादा निवेश किया है। कृषि बाजार में सुधार के माध्यम से किसानों को अधिक लाभ दिया है तथा प्रत्यक्ष आय सहायता योजना को अपनाया गया है। चीन ने अपनी कई महत्त्वपूर्ण लागत सब्सिडियों को एक एकल सहायता योजना में समायोजित कर दिया है, जिसके तहत किसानों को प्रति हेक्टेयर के हिसाब से प्रत्यक्ष भुगतान किया जाता है तथा फसल उगाने में हुई लागत को बाजार–मूल्यों के आधार पर तय किया जाता है। इस क्षेत्र में चीन ने 2018–19 के दौरान 20.7 बिलियन डॉलर का निवेश किया, वहीं भारत ने प्रधानमंत्री किसान सम्मान योजना के तहत प्रत्यक्ष आय सहायता में मात्र तीन बिलियन डॉलर का निवेश किया। इसके विपरीत विद्युत्, सिंचाई, उर्वरक, बीमा तथा ऋणों पर दी जाने वाली सब्सिडी में 27 बिलियन डॉलर का निवेश किया।

खाद्य सुरक्षा एक्ट एवं मिनिमम सपोर्ट प्राइज

2013 में भारत में राष्ट्रीय खाद्य सुरक्षा ऐक्ट लागू किया गया, इसके अंतर्गत विशेष श्रेणी के लोगों को रियायती कीमतों पर अनाज दिया जाता है। इसमें लगभग 80 करोड़ आबादी, जिसमें 77 प्रतिशत ग्रामीण क्षेत्र के तथा 23 प्रतिशत शहरी क्षेत्र के लोग आते हैं।

वर्ष 1966-67 में सरकार द्वारा एम.एस.पी. (मिनिमम सपोर्ट प्राइस) लागू की गई, जो किसानों को इस बात का आश्वासन तथा गारंटी देती है कि ज्यादा पैदावार होने की अवस्था में भी किसान को अपना अनाज सस्ते मूल्य पर न बेचना पड़े। एम.एस.पी. वर्ष में एक बार निर्धारित होती है। खरीफ व रबी के सीजन में यह सी.ए.एस.पी. (कमीशन फॉर एग्रीकल्चरल कास्ट ऐंड प्राइस), यानी कृषि लागत और मूल्य आयोग के अनुमोदन पर निर्धारित किया जाता है।

जिसके लिए A2 + FL तथा C2 के फॉर्मूले (एम.एस. स्वामीनाथन) को ध्यान रखना आवश्यक होता है।

A2—किसान द्वारा बीज, खाद, केमिकल्स, डीजल, बाहरी मजदूर इत्यादि के खर्च।

FL—पारिवारिक श्रम।

C2—किराया अथवा ब्याज, जो फिक्स कैपिटल, यानी अपनी जमीन की कीमत तथा यंत्रों पर लगता है।

इन तीनों को जोड़कर उस पर मुनाफे की गणना कर एम.एस.पी. का निर्धारण होता है।

पिछले कई वर्षों से महँगाई की तुलना में एम.एस.पी. की वृद्धि दर बहुत कम रही है। महँगाई जहाँ लगभग 7 प्रतिशत बढ़ रही है, वही एम.एस. पी. में वृद्धि केवल 3.5 प्रतिशत हो पाती है। वास्तव में एम.एस.पी. की गणना में C2 को जोड़ा ही नहीं जाता है। वर्ष 2004 में एम.एस. स्वामीनाथन की अगुआई में राष्ट्रीय किसान आयोग के नाम से जो कमेटी बनाई गई थी, उसने अक्तूबर 2006 में अपनी रिपोर्ट में C2 लागत पर एम.एस.पी. तय

करने की सिफारिश की थी, जबकि ऐसा नहीं हो सका।

एक विडंबना और है कि ज्यादातर किसान, जो अपना अनाज उत्पादन करते हैं, उसमें अपना धन व श्रम लगाते हैं, लेकिन बहुत कम किसान यह हिसाब लगा पाते हैं कि एक हेक्टेयर खेत में उक्त अनाज उत्पादन करने के लिए उनकी कितनी लागत आती है, कितना फायदा या नुकसान होता है तथा प्रति हेक्टेयर कितना अनाज वे पैदा कर सकते हैं। बुआई के पूर्व बहुत कम किसानों को एम.एस.पी. की जानकारी होती है।

बाजारू ताकतों पर निर्भरता

सरकार ने 22 फसलों के लिए एम.एस.पी. की घोषणा अवश्य की है, लेकिन सार्वजनिक वितरण-प्रणाली के तहत लाभार्थियों को केवल गेहूँ व चावल का ही वितरण किया जाता है। अतः सरकार ज्यादातर गेहूँ व चावल की ही खरीद करती है, दूसरी ओर दलहन व तिलहन का उत्पादन कम होने अथवा बाजार भाव किन्हीं अन्य कारणों से बढ़ने पर सरकार आयात के माध्यम से कीमतों को स्थिर रखने का प्रयास करती है, जिससे किसानों को नुकसान होने की संभावना बनी रहती है। अतः किसान दलहन व तिलहन जैसी फसलों का उत्पादन कम करके गेहूँ व चावल का ही उत्पादन करने में रुचि रखते हैं। दलहन व तिलहन किसानों को एम.एस. पी. से 15 से 20 प्रतिशत नीचे के भाव से बेचना पड़ता है। गेहूँ व चावल में भी सरकार 30-40 प्रतिशत ही खरीदारी कर पाती है, अन्य किसानों को अपनी उपज बेचने के लिए बाजार की ताकतों पर निर्भर रहना पड़ता है।

2017-18 में भारत में 56.07 लाख टन दालों का आयात किया गया था, पर निर्यात केवल 2 लाख टन था। वहीं वर्ष 2016-17 में 150.71 लाख टन खाद्य तेलों का आयात हुआ है, जिसमें 92.94 लाख टन यानी 60 प्रतिशत पाम आयल है, जो सेहत के लिए अच्छा नहीं है, लेकिन सस्ता होने के कारण इसकी खपत ज्यादा है। 33.16 लाख टन सोयाबीन, 21.69 लाख टन सूरजमुखी एवं 2.92 लाख टन सरसों के तेल का भी आयात

हुआ है। उस समय सरकार ने सोयाबीन का समर्थन मूल्य रु. 3050 घोषित किया था, इसके सबसे बड़े उत्पादक राज्य मध्य प्रदेश व महाराष्ट्र की मंडियों में किसानों को रु. 2500 प्रति कुं. से कम भाव मिल रहे थे। इसी प्रकार सीजन में पैदा हुई सरसों के लिए समर्थन मूल्य रु. 3700 प्रति कुं. निर्धारित था, लेकिन मंडियों में यह काफी सस्ते भाव में बिक रहा था, इसी कारण से किसानों द्वारा इनके उत्पादन में रुचि न रखने के कारण भारत में खाद्य तेलों की माँग लगभग 70 प्रतिशत आयात पर निर्भर रहती है। भारत में तिलहन की उत्पादकता जहाँ 1 टन प्रति हेक्टेयर है, वहीं कनाडा में प्रति हेक्टेयर 2.24 टन फसल का उत्पादन होता है, इसलिए जरूरत इस बात की है कि कृषि वैज्ञानिकों के सहयोग से प्रति हेक्टेयर उत्पादकता बढ़ाने का प्रयास किया जाए, ताकि लागत कम हो सके, खाद्य तेलों की फसलों का उत्पादन ज्यादा-से-ज्यादा किया जा सके और भविष्य में आयात पर निर्भरता कम कर आत्मनिर्भर भारत का सपना सच हो सके। हालाँकि पिछले तीन वर्षों में सरसों की उत्पादकता 1331 किग्रा. से 1419 किग्रा. प्रति हेक्टेयर हो गई है तथा क्षेत्रफल भी 68.56 लाख से 88.06 लाख हेक्टेयर हो गया है, जिससे उत्पादन 91.24 से 124.94 लाख टन, यानी 37 प्रतिशत बढ़ा है, इससे निश्चित रूप से आयात में कमी आएगी। सात वर्षों में देश में दालों का उत्पादन 655 किग्रा. प्रति हेक्टेयर से बढ़कर के 924 किग्रा. प्रति हेक्टेयर हो गया है। सन् 2017-18 से सन् 2022-23 तक भारत में दालों का आयात 60 प्रतिशत कम हो गया है। देश इसमें आत्मनिर्भर बनने की स्थिति में आ रहा है।

भारत में वर्ष 2022-23 में फलों का उत्पादन 1080 लाख टन, सब्जियों का 2180 लाख टन तथा आलू का उत्पादन लगभग 600 लाख टन रहा है।

उत्पादन एक नजर में—वर्ष 2019-20 (मिलियन टन में)			
	उत्पादन	खरीद	प्रतिशत
गेहूँ	107.86	38.98	36.15
चावल	118.87	51.82	43.60
अन्य अनाज	47.74	4.27	8.98
दलहन	23.02	2.82	12.25
कुल	297.50	97.15	32.65
तिलहन	33.21	1.54	4.63
कपास	36.06	10.51	28.81
गन्ना	358.14		

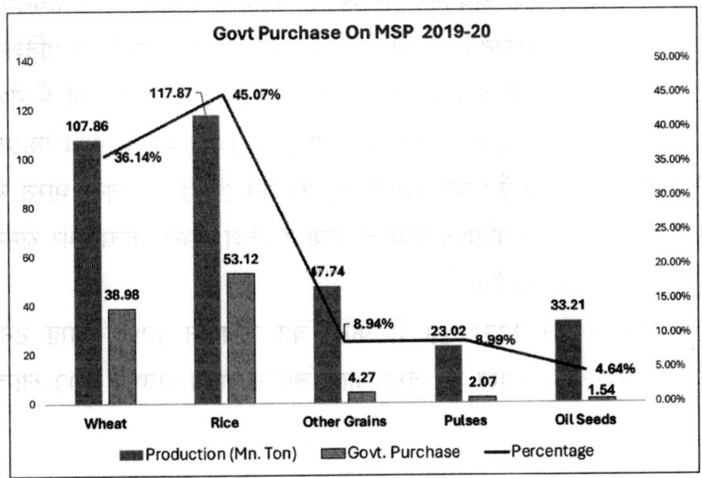

Fig- 1.4 Govt Purchase On MSP 2019-20
Source: Ministry of Agriculture & Farmers Welfare, FCT, Nafed, CCT, NFC

न्यूनतम समर्थन मूल्य (अपर्याप्त कवरेज)

उपरोक्त उत्पादन में सरकारी विभागों द्वारा एम.एस.पी. पर गेहूँ 38.98 मिलियन टन, यानी लगभग 37 प्रतिशत तथा चावल 53.12 मिलियन टन, यानी 45 प्रतिशत ही खरीद किया गया, बाकी अनाजों तथा दलहन आदि की केवल 9 प्रतिशत ही खरीद की गई। कपास की खरीद भी केवल 30 प्रतिशत हुई, जिसके परिणामस्वरूप अन्य किसानों को गेहूँ व चावल जैसी फसलों को भी एम.एस.पी. से बहुत कम कीमत पर बेचने के लिए बाध्य होना पड़ा, क्योंकि सरकार का बाजार के मूल्य निर्धारण में कोई नियंत्रण नहीं होता।

आर्थिक असमानता

नाबार्ड के हालिया अध्ययन के अनुसार भारत में 10.7 करोड़ किसानों के परिवारों में से 52.5 प्रतिशत कर्ज से दबे हैं। वर्ष 2017 में एक किसान परिवार की मासिक आय औसतन 8931.00 रुपए थी। यदि किसान परिवार की औसत संख्या 5 मानी जाए तो प्रति सदस्य आय केवल 61.00 रुपए प्रतिदिन होती है। प्रत्येक राज्य के किसानों की आय में भी असमानता है।

जहाँ उत्तर प्रदेश में 6668.00 रुपया, बिहार में 7175.00 रुपया, वहीं हरियाणा में 18496.00 रुपया तथा पंजाब में 23131.00 रुपए है। इसका सबसे बड़ा कारण प्रति परिवार खेती के रकबे का अंतर है। इसके अतिरिक्त उपरोक्त आय केवल खेती की नहीं है, इसमें अन्य आय पशुपालन, मजदूरी इत्यादि भी शामिल हैं। इसलिए उत्तर प्रदेश व पंजाब के किसानों की आय 2 गुना करने का मतलब भी एक जैसा नहीं है। बुनियादी बिंदु यह भी है कि किसानों की आय में वृद्धि का बाजार की कीमतों और उनके जीवनयापन के लिए जरूरी आय के अनुरूप होना भी जरूरी है।

राष्ट्रीय औसत आय		
मद	वर्ष 2012-13 (रुपयों में)	वर्ष 2016-17 (रुपयों में)
खेती की उपज से आय	3081	3140
पशुपालन से आय	763	711
मजदूरी से आय	2071	3025
अन्य स्त्रोतों से आय	511	2055
कुल आय	**6426**	**8931**

स्रोत : MASPI

देश में किसानों के पास औसतन 1.10 हेक्टेयर जमीन है, जिसमें 60 प्रतिशत सिंचित नहीं होती। हर कर्जदार किसान के पास 1.046 लाख का कर्ज है। 17 प्रतिशत किसानों के पास जीवन बीमा है, 5 प्रतिशत के पास स्वास्थ्य बीमा है, जिसके कारण सबसे ज्यादा कर्ज स्वास्थ्य सेवाओं के लिए लिया जाता है। केवल 5.2 प्रतिशत किसानों के पास ट्रैक्टर है। दो दशकों में लगभग सवा तीन लाख किसानों ने कर्ज लेकर आत्महत्या की है। ओ.ई.सी.डी. की एक रिपोर्ट के अनुसार वर्ष 2000 से 2016 तक भारत के किसानों को लगभग 45 लाख करोड़ का घाटा हुआ है, यह स्वतंत्र भारत के 77 वर्षों के बाद भी देश के 60 प्रतिशत किसानों की तसवीर है।

खाद्यान की खरीद के लिए सरकारी नीति

2021-22 के दौरान घरेलू उत्पादन में कमी तथा यूक्रेन और रूस की लड़ाई एवं अन्य बुनियादी कारणों से गेहूँ की कीमतें 3000 रु. प्रति कुं. के आसपास पहुँच गई थीं, जिसके कारण सरकार को एम.एस.पी. पर ज्यादा गेहूँ नहीं मिला, लेकिन किसानों को काफी फायदा हुआ। आमतौर पर यह स्थिति काफी अच्छी होनी चाहिए। एम.एस.पी. का मतलब है कि बाजार का

कृषि उत्पादन व आय (2020-2021) लगभग मिलियन टन में

फसल	उत्पादन मी. टन	किसान परिवार द्वारा उपयोग मी. टन	MSP रु. प्रति कुं.	MSP पर खरीद मी. टन	कुल खरीद करोड़ रुपयों में	सरकार का खर्च रु. 250 प्रति कुं. करोड़ रुपए में	लागत A2+FL+C2 रुपए प्रति कुं.	किसान को लाभ रुपए प्रति कुं.	किसान को कुल लाभ MSP पर करोड़ रुपए में	किसान द्वारा बाजार में बिक्री मी. टन	बिक्री का बाजारू मूल्य रुपए प्रति कुं.	नुकसान प्रति कुं. रुपयों में	कुल नुकसान करोड़ रुपए में
अनाज													
गेहूँ	107.8	50	1925	38.98	75037	9745	1500	425	16567	18.82	1500	0	0
धान	117.94	50	1868	53.12	99228	13280	1767	101	5365.1	14.82	1500	-267	-3956.9
ज्वार	28.8	3.8	2620				2393	227	0	25	2000	-393	-9825
बाजरा	9	2	2150				1515	635	0	7	1300	-215	-1505
मक्का	28.98	3.98	1850				1350	500	0	25	1200	-150	-3750
रागी	2.2	0	3295				2963	332	0	2.2	2000	-963	-2118.6
जौ	2.79	1.06	1525				1180	345	0	1.73	1100	-80	-138.4
कुल	**297.51**	**110.84**		**92.1**	**174265**	**23025**			**21932**	**94.57**			**-21294**
दलहन													
चना	11		4875	1.57	7653	392	3700	1175	1844.8	9.43	3000	-700	-6601
मसूर	1.4		4800	0.27	1296	67	3900	900	243	1.13	3000	-900	-1017
अरहर	3.75	0.75	6000				5000	1000	0	3	4000	-1000	-3000
मूँग	1.7	0.5	7196				7000	196	0	1.2	5200	-1800	-2160

उड़द	1.5	0.5	5000				5708	292	0	1	4500	−1208	−1208
मटर	0.83						4000	0	0	0.83	3850	−150	−124.5
अन्य	2.83							0	0	2.83		0	0
कुल	**23.01**	**1.75**		**1.84**	**8949**	**459**			**2087.8**	**19.42**			**−14111**
तिलहन													
सरसों	8.7	0.7	4425				3400	1025	0	8	4000	600	4800
मूँगफली	9.35	0.35	5275				4750	525	0	9	4500	−250	−2250
सूरजमुखी	0.18		5885				6650	−765	0	0.18	4800	−1850	−333
सोयाबीन	12.24	0.24	3880	3850	30	0	12	3800	−50	−600			
तिल	0.94		6855				7000	−145	0	0.94	6500	−500	−470
कुल	**31.41**	**1.29**								**30.12**			**1147**
कपास													
36.5 मी. गाँठ	6.12		5515	1.56	11130	390	4400	1115	1739.4	4.56	4500	100	456
पटसन व मेस्टा													
9.92 मी. गाँठ	1.78		3950	0			4200	−250	0	1.78	6000	1800	3204
गन्ना	358.14		285				210	75	0	358.14	285	75	26861
कुल योग					**194343**	**23874**							

स्रोत : उत्पादन व एम.एस.पी. : कृषि एवं कल्याण मंत्रालय

अन्य : लेखक के व्यक्तिगत अनुमान के आधार पर

कृषि उत्पादन व आय (2022–2023) लगभग मिलियन टन में													
फसल	उत्पादन मी. टन	किसान परिवार द्वारा उपयोग मी. टन	MSP रु. प्रति कुं.	MSP पर खरीद मी. टन	कुल खरीद करोड़ रुपयों में	सरकार का खर्च रु. 250 प्रति कुं. करोड़ रुपए में	लागत A2+FL+C2 रुपए प्रति कुं.	किसान को लाभ रुपए प्रति कुं.	किसान को कुल लाभ MSP पर करोड़ रुपए में	किसान द्वारा बाजार में बिक्री मी. टन	बिक्री का बाजारू मूल्य रुपए प्रति कुं.	नुकसान प्रति कुं. रुपयों में	कुल नुकसान करोड़ रुपए में
अनाज													
गेहूँ	110.55	50	2015	18.2	52793	6550	1600	415	7553	42.35	1800	200	8470
धान	135.75	50	2040	62	113832	13950	1894	146	9052	23.75	1600	–294	–6982.5
ज्वार	3.81	1.81	2970				2404	566	0	2	2200	–204	–408
बाजरा	10.77	2.77	2350				1713	637	0	8	1100	–613	–4904
मक्का	38.08	3.08	1962				1441	521	0	35	1400	–41	–1435
रागी	1.38	0	3578				3074	504	0	1.38	2700	–374	–516.12
जौ	1.91	0.91	1635				1287	348	0	1	1100	–187	–187
अन्य	27.43	1.43						0		26		0	0
कुल	**329.68**	**110**			**166625**	**20500**			**16605**				**–5962.62**
दलहन													
चना	12.26	1.26	5230	1.5	7845	375	3800	1430	2145	9.5	3000	–800	–7600
मसूर	1.6	0.1	5500	0.2	1100	50	4051	1449	289.8	1.3	3000	–1051	–1366.3
अरहर	3.31	1.31	6600				5108	1492	0	2	4000	–1108	–2216
मूँग	1.71	0.71	7775				7121	654	0	1	5200	–1921	–1921

उड़द	2.68	0.68	6600				5808	792	0	2	4500	−1308	−2616
मटर	1.23	0.13					4000	0	0	1.1	3850	−150	−165
अन्य	5.02												
कुल	**27.81**	**4.19**			**8945**	**425**			**2434.8**				**−15884.3**
तिलहन													
सरसों	12.64	1.64	5050		0	0	3500	1550	0	11	3800	300	3300
मूँगफली	10.3	1.3	5850		0	0	4850	1000	0	9	4100	−750	−6750
सूरजमुखी	0.8		6400		0	0	6800	−400	0	0.8	4200	−2600	−2080
सोयाबीन	14.98	0	4300		0	0	4069	231	0	14.98	3600	−469	−7025.62
तिल	2.63	0.63	7800		0	0	7210	590	0	2	6000	−1210	−2420
कुल	**41.35**	**3.57**		–						**37.78**			**14975.62**
कपास													
36.5 मी. गाँठ	5.72		6080	1.72	10458	430	4684	1396	2401.12	4	5400	716	2864
पटसन व मेस्टा													
9.92 मी. गाँठ	1.69		4750	0			4500				6000		
गन्ना	490.53		325				214			490.53	325	111	54448.83
कुल योग					**186028**	**21355**							

स्रोत : उत्पादन व एम.एस.पी. : कृषि एवं कल्याण मंत्रालय

अन्य : लेखक के व्यक्तिगत अनुमान के आधार पर

प्रस्तावित योजना 2024-2025

फसल	उत्पादन मी. टन	किसान परिवार द्वारा उपयोग मी. टन	MSP रु. प्रति कुं.	MSP पर खरीद मी. टन	कुल खरीद करोड़ रुपयों में	सरकार का खर्च रु. 250 प्रति कुं. करोड़ रुपए में	सरकारी थोक बिक्री मूल्य रु. प्रति कुं.	सरकार की कुल बिक्री करोड़ रुपए में	सरकार को कुल लाभ करोड़ रुपए में	लागत A2+FL+C2 रुपए प्रति कुं.	प्रोत्साहन राशि प्रति कुं. रुपयों में	कुल प्रोत्साहन राशि	किसान को लाभ रुपए प्रति कुं.	किसान को कुल लाभ MSP पर करोड़ रुपए में
अनाज														
गेहूँ	112	30	2450	82	200900	20500	2800	229600	8200	1630	800	65600	1620	132840
धान	140	30	2650	110	291500	27500	3000	330000	11000	2051	800	88000	1399	153890
ज्वार	40	4	3500	36	126000	9000	3800	136800	1800	2676	400	14400	1224	44064
बाजरा	11	2	2800	9	25200	2250	3200	28800	1350	1984	400	3600	1216	10944
मक्का	40	4	2500	36	90000	9000	3000	108000	9000	1713	400	14400	1187	42732
रागी	1.5		4200	1.5	6300	375	4700	7050	375	3198	400	600	1402	2103
जौ	2		2100	2	4200	500	2400	4800	100	1400	400	800	1100	2200
कुल	**346.5**	**70**		**276.5**	**744100**	**69125**		**845050**	**31825**	**14652**		**187400**		**388773**
दलहन														
चना	12.5		5625	12.5	70312.5	3125	6200	77500	4062.5	4000	800	10000	2425	30312.5
मसूर	1.65		6300	1.65	10395	412.5	7000	11550	742.5	4200	800	1320	2900	4785
अरहर	3.5	1	7600	2.5	19000	625	8300	20750	1125	5300	800	2000	3100	7750
मूँग	1.45	0.5	9100	0.95	8645	237.5	9700	9215	332.5	7400	800	760	2500	2375
उड़द	1.55	0.5	7500	1.05	7875	262.5	8200	8610	472.5	6000	800	840	2300	2415
मटर	1	1	0	0	0	0	0	0	0	0	0	0	0	0
कुल	**21.65**	**3**		**18.65**	**116227.5**	**4662.5**		**127625**	**6735**			**14920**		**47637.5**

तिलहन														
सरसों	14	0.7	5700	13.3	75810	3325	6300	83790	4655	3800	800	10640	2700	35910
मूँगफली	8	0.5	7000	7.5	52500	1875	7600	57000	2625	5100	800	6000	2700	20250
सूरजमुखी	0.75		7600	0.75	5700	187.5	8200	6150	262.5	7100	800	600	1300	975
सोयाबीन	15	0.5	5600	14.5	81200	3625	6200	89900	5075	4300	800	11600	2100	30450
तिल	2		9500	2	19000	500	10200	20400	900	7500	800	1600	2800	5600
कुल	**39.75**	**1.7**		**38.05**	**234210**	**9512.5**		**257240**	**13517.5**			**30440**		**93185**
कपास														
36.5 मी. गाँठ	6.46		7500	6.46	48450	1615	8500	54910	4845	4935	500	3230	3065	19799.9
पटसन व मेस्टा														
9.92 मी. गाँठ	1.8		5500	1.8	9900	450	6000	10800	450	4700	0	0	800	1440
गन्ना	500		350	0	0	0		0	0	225	0	0	125	62500
आलू	60		1200	60	72000	15000	2200	132000	45000	250	0	0	950	57000
प्याज	31		1200	31	37200	7750	2200	68200	23250	250	0	0	950	29450
कुल योग					**1262088**	**108115**		**1495825**	**125623**			**235990**		**699785**

स्रोत : लेखक के व्यक्तिगत अनुमान के आधार पर

भाव उसके ऊपर है। किसान फसल बाजार में बेचे एवं एम.एस.पी. से नीचे बाजार आने पर सरकार खरीदकर किसानों की मदद करे। लेकिन गेहूँ का भाव नियंत्रित करने के लिए तथा मुफ्त अनाज बाँटने की सरकारी स्कीमों के कारण सरकार ने पहले तो गेहूँ के निर्यात पर प्रतिबंध लगाया और जब कीमतें बढ़ना नहीं रुकीं, तो भारतीय खाद्य निगम ने स्टॉक बेचना शुरू कर दिया। आखिरकार कीमतें 1000 रु. प्रति कुं. नीचे आ गई, यानी मिनिमम सपोर्ट प्राइज को सरकार मैक्सिमम सेलिंग प्राइज बनाना चाहती है। यही नीति सरकार द्वारा मूल्यों को नियंत्रित करने के लिए प्रत्येक उत्पादन पर अपनाई जा रही है।

समाधान

गेहूँ, चावल, दालों व तिलहन उत्पादन करने वाले किसानों को लाभकारी मूल्य दिलाने के लिए सरकार द्वारा खरीद मूल्य में व्यापक वृद्धि की जानी चाहिए तथा जो किसान जितना अनाज बेच सकता हो, उसकी पूरी खरीद सरकार द्वारा की जानी चाहिए। इसके अतिरिक्त सरकार द्वारा निर्धारित न्यूनतम समर्थन मूल्य पर किसान द्वारा सरकार को अनाज बेचे जाने की अवस्था में रु. 400.00 प्रति कुंतल गेहूँ व चावल तथा अन्य अनाज की खरीद पर रु. 600.00 प्रति कुं. दलहन पर तथा रु. 800.00 प्रति कुं. तिलहन की खरीद पर राशि के रूप में दिया जाना चाहिए। उदाहरण के तौर पर यदि सरकार ने गेहूँ का समर्थन मूल्य रु. 2450.00 प्रति कुं. निर्धारित किया है तो सरकार किसान को रु. 2450.00 रुपया गेहूँ का मूल्य तथा रु. 400.00 प्रति कुं. प्रोत्साहन राशि का भुगतान करेगी तथा रु. 2450.00 के खरीद मूल्य के ऊपर भंडारण इत्यादि खर्च लगभग रु. 250.00 प्रति कुं. एवं उस पर सरकारी लाभ को जोड़कर थोक व फुटकर बिक्री का मूल्य निर्धारित करेगी।

अभी सरकार द्वारा कपास की खरीद एम.एस.पी. पर केवल 30 प्रतिशत की जाती है, जिससे किसानों को एम.एस.पी. से रु. 1000.00 कम मूल्य पर अपना उत्पादन बेचना पड़ता है, अतः उन्हें काफी नुकसान होता है। यदि सरकार पूरा कपास एम.एस.पी. पर खरीदकर उसे अन्य खर्च से जोड़कर बिक्री करे, तब किसान पूरे लाभ पर अपना उत्पादन बेच पाएँगे।

आलू व प्याज के उत्पादन में भी किसानों को कभी-कभी काफी नुकसान उठाना पड़ता है। अतः किसानों के लिए पर्याप्त लाभ पर न्यूनतम समर्थन मूल्य सरकार निर्धारित कर सरकार आलू व प्याज का पूरा उत्पादन खरीद सकती है तथा भंडारण कर सीजन के बाद उचित मूल्य पर बेच सकती है। इससे किसान को भी उचित लाभ मिलेगा तथा सरकार को भी मुनाफा होगा एवं उपभोक्ता को भी वर्ष भर समान मूल्य पर आलू तथा प्याज प्राप्त होगा। यदि सरकार यह न करना चाहे तो कोल्ड स्टोरेज पर बैंक के आउटलेट स्थापित किए जा सकते हैं, जहाँ किसानों को आलू या प्याज भंडारण पर ऋण दिया जा सकता है, इससे किसान खुदाई के शुरू में ही आलू तथा प्याज सस्ते दर पर बेचने के लिए बाध्य नहीं होगा।

विश्लेषण

यदि उपरोक्त योजना का पूरा विश्लेषण करें तो सरकार द्वारा एम.एस.पी. पर पूरा अनाज, दलहन, तिलहन, कपास, जूट व प्याज आदि कुल खरीदे जाने पर लगभग 12.5 लाख करोड़ रुपए की खरीद की जाएगी तथा सरकार द्वारा भंडारण खर्च इत्यादि को जोड़कर लाभ पर थोक व फुटकर बिक्री किए जाने पर लगभग 1 लाख 25 हजार करोड़ का मुनाफा होगा। वहीं प्रोत्साहन राशि के रूप में लगभग 1 लाख 55 हजार करोड़ रुपया बाँटे जाने से लगभग 30 हजार करोड़ रुपए का अतिरिक्त भार आएगा। मगर किसानों को जहाँ 1 लाख करोड़ का घाटा हो रहा था, वहीं लगभग 7 लाख करोड़ रुपए का मुनाफा होगा। वर्तमान में सरकार द्वारा लगभग 2 लाख करोड़ रुपए की खरीद की जाती है, जिसमें ज्यादातर अनाज बहुत कम दरों पर अथवा मुफ्त में बाँटा

जाता रहा है। सरकारी गल्ले की दुकानों से मुफ्त राशन देने से काफी भ्रष्टाचार बढ़ा है। गैर-जरूरतमंद लोग उक्त अनाज लेकर उन्हीं दुकानों पर अथवा अन्य जगह सस्ते भाव पर बेच देते हैं, जिससे जो किसान न्यूनतम समर्थन मूल्य पर अपना अनाज नहीं बेच पाते, यानी लगभग 70 प्रतिशत किसान अपना अनाज कम मूल्य पर बेचने के लिए बाध्य होते हैं। अत: जरूरी है कि सरकारी गल्ले की दुकानों को खुदरा बिक्री की दुकानों में परिवर्तित किया जाए तथा वहाँ से सरकार द्वारा घोषित फुटकर मूल्य पर बिक्री की जाए। जनता पर महँगाई का बोझ न पड़े, इसके लिए सरकार मुफ्त राशन योजना के तहत 10 करोड़ परिवारों को 5 सदस्य प्रति परिवार के हिसाब से 300.00 रुपए प्रति सदस्य प्रति माह यानी 1500.00 रुपए प्रति माह कुल 1 करोड़ 80 लाख रुपए सीधे ट्रांसफर कर सकती है। इससे सरकार पर कोई विशेष अतिरिक्त भार नहीं आएगा।

इसके अतिरिक्त कई बड़े फायदे होंगे—

1. दलहन व तिलहन के किसानों का पूरा उत्पादन न्यूनतम समर्थन मूल्य पर खरीदे जाने तथा प्रोत्साहन राशि देने पर वे ज्यादा-से-ज्यादा दलहन व तिलहन की फसल का उत्पादन करेंगे, जिससे करोड़ों रुपए के आयात पर भी रोक लगेगी तथा विदेशी मुद्रा की बचत होगी।
2. किसानों की जेब में जो साढ़े छह लाख रुपए अतिरिक्त आएँगे, उससे औद्योगिक माल खरीदने की उनकी क्षमता में भी इजाफा होगा, जिससे औद्योगिक उत्पादन बढ़ेगा, रोजगार के अवसर पैदा होंगे तथा जी.एस.टी. व आयकर के माध्यम से सरकार को लगभग 1 लाख 50 हजार करोड़ का फायदा होगा।
3. उपभोक्ता को वर्षपर्यंत समान मूल्य पर उत्पाद प्राप्त होगा। आलू व प्याज जैसी फसलें जहाँ 20 से 80 रुपए तक पहुँच जाती हैं, उनका मूल्य भी वर्ष भर समान होगा।
5. उद्योग को भी सीजन के बाद दाम बढ़ने की संभावना से 6-6

महीने का स्टॉक नहीं जमा करना पड़ेगा, वे सीधे सरकारी एजेंसियों से जरूरत के अनुसार खरीद कर सकेंगे।

कृषिक्षेत्र के विकास के लिए इसपर आश्रित लोगों के अलावा गाँवों में बेरोजगार लोगों के आर्थिक विकास के लिए भी कदम उठाने होंगे। कृषि और उससे जुड़े कार्य देश की लगभग साठ प्रतिशत जनता को रोजगार उपलब्ध कराते हैं, लेकिन देश में ज्यादातर छोटी जोत वाले किसानों की गिरती स्थिति के कारण उनकी आर्थिक दशा काफी खराब होती जा रही है, इसलिए लोग रोजगार की तलाश में शहरों की ओर पलायन कर रहे हैं। गाँवों से पलायन रोकने के लिए खाद्य प्रसंस्करण, दुग्ध-उत्पादन, जैसे कृषि से जुड़े उद्योगों को भी बढ़ावा देना होगा।

दुग्ध क्रांति

देश में दूध की कमी को देखते हुए श्वेत क्रांति की शुरुआत की जानी चाहिए। दुग्ध-उत्पादन को विशेष रूप से प्रोत्साहित किया जाना चाहिए। इससे दूध की उपलब्धता बढ़ने के साथ ही स्वरोजगार को भी बढ़ावा मिलेगा। छोटी जोत के किसानों की जमीनों पर इतना उत्पादन नहीं हो पाता, जिससे उनके परिवार का भरण-पोषण हो सके। अत: जिन परिवारों के बच्चे बाहर जाकर अन्य कार्य या नौकरी-पेशा कर घर में धन भेज रहे हैं, उनके अतिरिक्त केवल कृषि पर निर्भर रहने वाले किसानों को सरकार द्वारा कम-से-कम दो गाय प्रदान की जानी चाहिए, जिससे उत्पादित दूध सरकारी अथवा प्राइवेट दुग्ध समितियों द्वारा खरीद लिया जाएँ, ताकि किसानों की आय में पर्याप्त वृद्धि हो सके।

कृषि प्रसंस्करण उद्योग

कृषि प्रसंस्करण उद्योग विकसित करने के लिए योजना बनानी चाहिए तथा प्रत्येक क्षेत्र में पैदा होने वाली फसलों को ध्यान देते हुए उद्योग विकसित करने चाहिए, जिससे कृषि उत्पादनों के लिए बाजार में नई संभावनाएँ बनें व फसल तैयार होने के बाद हानि के जोखिम से किसान बच सकें।

वास्तव में उद्योग व कृषि एक-दूसरे की प्रगति में योगदान करते हैं। उर्वरक, कीटनाशक, जल के साधन, अपेक्षित मशीनरी, उद्योगों द्वारा उपलब्ध कराई जाती है। उद्योग कृषि की प्रगति के लिए आधारभूत संरचना तैयार करने में सहायता करता है; वह परिवहन, संचार, व्यापार व वाणिज्य, बैंकिंग व विपणन की सुविधाओं के रूप में हो सकता है। वहीं औद्योगिक माल की माँग कृषि विकास पर पूरी तरह प्रभावित होती है। कृषि आधारित उद्योगों के लिए कच्चा माल कृषि सेक्टर से ही प्राप्त किया जा सकता है। कपास, जूट, गन्ना, फल, बाँस, तिलहन आदि तमाम चीजें उद्योगों को कृषि सेक्टर से ही प्राप्त होती हैं। इसी प्रकार कृषि सेक्टर में काम कर रहे लोगों, यानी किसानों तथा खेतिहर मजदूरों की आय बढ़ने से औद्योगिक माल की माँग में भी इजाफा होता है और जब औद्योगिक माल की माँग बढ़ती है तो औद्योगिक क्षेत्र में ज्यादा श्रमिकों की आवश्यकता होती है। ऐसे में कृषि सेक्टर से अतिरिक्त श्रमिकों को निकालकर श्रमिकों की बढ़ती माँग की पूर्ति भी होती है तथा किसान परिवार की कुल आय में इजाफा होता है।

खाद्यान प्रबंधन

वर्तमान स्थिति में सरकार द्वारा कम अनाज खरीदे जाने की स्थिति में भी उचित रख-रखाव के अभाव में हर वर्ष लाखों टन अनाज भंडारण की कमी से सड़ जाता है। न्यूनतम समर्थन मूल्य पर अनाज बेचने के लिए किसानों को काफी मशक्कत करनी पड़ती है। सोनभद्र के भूपेंद्र सिंह बताते हैं कि उनके परिवार के पास लगभग 40 बीघा खेत है, जिसपर लगभग वे 400 कुंटल गेहूँ का उत्पादन करते हैं। उन्हें पहले सरकारी गेहूँ क्रय केंद्र पर जाकर नंबर लगवाना पड़ता है, फिर जिस दिन नंबर आता है, उस दिन ट्रॉली पर माल लेकर जाना पड़ता है। उसे खुलवाकर एक जगह रखा जाता है। उसकी जाँच होती है, उसके बाद जो तिथि तय की जाती है, तब वहाँ जाकर तौल कराई जाती है। उसके लगभग 15 दिनों बाद बिक्री मूल्य प्राप्त होता है। छोटे किसान यह जटिल प्रक्रिया पूरी नहीं कर पाते हैं, 10-12 बोरा माल बेचने के

लिए उन्हें दौड़-भाग व अनाज के परिवहन पर काफी खर्च करना पड़ता है, आखिरकर वे व्यापारियों को अपना अनाज सस्ते भाव पर बेच देते हैं।

भंडारण व वितरण (प्रस्तावित योजना)

प्रश्न यह उठता है कि आखिर प्रस्तावित योजना के तहत इतने ज्यादा अनाजों की खरीद, वितरण तथा भंडारण आदि का प्रबंधन कैसे होगा। मेरे विचार से इसके लिए सरकार को एक कॉरपोरेट की भाँति कार्य करना होगा; प्रबंधन करने के लिए आई.आई.एम. व अन्य अच्छे मैनेजमेंट के पेशेवर लोगों की राष्ट्रीय, प्रदेशीय व क्षेत्रीय टीम बनानी होगी। उनके अंतर्गत हर ब्लॉक में पब्लिक-प्राइवेट पार्टनरशिप के तहत दो एजेंट नियुक्त करने होंगे। उस एजेंट अथवा व्यापारी के लिए शर्तें होंगी—

1. वह जल्द-से-जल्द 30 से 40 हजार वर्ग फीट का गो-डाउन (भंडार) निर्मित कराए, जो निश्चित किए गए नियमों के तहत बनाए जाएँगे। उक्त गो-डाउन (भंडार) सभी आधुनिक जरूरी सुविधाओं एवं आवश्यक मशीनों, कंप्यूटर, वजन-काँटा से युक्त होंगे। प्रत्येक गोदाम में लगभग डेढ़ लाख कुं. अनाज रखने की क्षमता होगी, यानी दोनों सीजन मिलकर लगभग तीन लाख कुं. अनाज रखा जा सकेगा।
2. उसे आवश्यकतानुसार मैनेजर, अन्य क्लर्क एवं चपरासी तथा माल उतारने व चढ़ाने के लिए श्रमिक नियुक्त करने होंगे।
3. उसे अनाज की आवक व विपणन इत्यादि पर पूरा नियंत्रण रखना पड़ेगा, यानी कैरिंग व फॉरवार्डिंग एजेंट के रूप में काम करना होगा।
4. उसे हर वक्त स्टॉक की पूरी डिटेल रखनी पड़ेगी तथा अनाज बेचने वाले किसान एवं अनाज खरीदने वाले मिल, थोक व्यापारी तथा अन्य का पूरा ब्योरा रखना पड़ेगा और संपूर्ण विवरण प्रबंध तंत्र को हर वक्त कंप्यूटर व इ-मेल से उपलब्ध कराना होगा।

सरकार उक्त एजेंट को लगभग 150 रु. प्रति कुं. अथवा जो भी समय पर उचित रूप से तय किया गया हो, भुगतान करेगी एवं 2 लाख कुंतल प्रत्येक सीजन को मिलाकर सरकार उसे न्यूनतम गारंटी प्रदान कर सकती है, इससे खर्च आदि काटने के बाद भी उसे 2.5 से 3 करोड़ रु. प्रति वर्ष से ज्यादा मुनाफा होगा।

इस प्रकार सरकार के पास कुल 6615 ब्लॉक में लगभग 40 करोड़ वर्गफीट की भंडारण की सुविधा एक वर्ष में की जा सकती है, जिसमें सीजन के अनुसार कम-से-कम 400 मिलियन टन अनाज भंडारण किया जा सकता है, साथ-ही-साथ इन भंडारण स्थल पर 20 लाख लोगों को रोजगार के अवसर भी प्राप्त होंगे।

इसके अतिरिक्त किसानों को अपना अनाज बेचने के लिए भाग-दौड़ न करनी पड़े, उसके लिए एजेंट जगह-जगह 5-6 गाँव के बीच कलेक्शन केंद्र स्थापित कर सकता है तथा उसी क्षेत्र के किसी नवयुवक को कलेक्टिंग एजेंट बना सकता है, जो किसान अपना अनाज ब्लॉक के केंद्र तक नहीं ले जाना चाहते, वे उक्त कलेक्शन केंद्र पर अपना अनाज जमा करा सकते हैं। वहाँ से एकत्र कर मुख्य भंडार केंद्र तक पहुँचाने की जिम्मेदारी कलेक्टिंग एजेंट की होगी। इस कार्य के लिए अतिरिक्त खर्च हेतु निश्चित धनराशि किसान द्वारा देय होगी, क्योंकि बिक्री स्थल तक ले जाने का खर्च एम.एस.पी. में शामिल होगा।

वर्तमान स्थिति में एम.एस.पी. पर कृषि से आय—

(रकबा आधार 1.08 हेक्टेयर यानी 2.67 एकड़ 2022-2023 के अनुसार)

		धान	गेहूँ
A2	जोताई, खाद, बीज, कीटनाशक, रोपाई, सिंचाई, बुआई, बँधाई इत्यादि	43460	35828
	परिवहन	2000	2000
FL	पारिवारिक श्रम	5000	5000
	कुल	50460	42828

	भूसे की बिक्री	(–)1500	(–)1500
	कुल खर्च	48960	41028
	उत्पादन	36 कुं.	41 कुं.
	लागत (प्रति कुं.)	1360	1008
	एम.एस.पी.	2040	2015
	एम.एस.पी. पर आय	680	1007
	कुल आय	4480	41287
	वार्षिक आय	65767	
	प्रतिमाह पारिवारिक आय	5480	

सन् 2022–23 देश में 411.52 लाख हेक्टेयर में धान की रोपाई की गई थी और उत्पादन 1357.55 लाख टन का हुआ था, यानी प्रति हेक्टेयर धान की पैदावार लगभग 33 कुं. की हुई। इसी प्रकार गेहूँ का रकबा 307.32 लाख हेक्टेयर का था, जिसमें 1105.54 लाख टन का उत्पादन हुआ, यानी 38 कुं. प्रति हेक्टेयर पैदावार हुई।

वास्तव में एम.एस.पी. की गणना में C2 को जोड़ा ही नहीं जाता, उसे जोड़ने से किसान की लागत बढ़ी हुई दिखाई देती है, पर वास्तव में यदि वह अपने खेत को किराए पर उठाता है तो उसे उसके खेत का किराया प्राप्त होता है, इसलिए किसी भी व्यापार में कैपिटल पर किराया तथा ब्याज को जोड़ा ही जाता है। यदि प्रति एकड़ रु. 8000.00 सीजन का किराया जोड़ा जाए तो वर्ष भर में 2.67 एकड़ का किराया अथवा ब्याज 42720.00 रुपया होता है, उसे लागत में जोड़ने पर वर्ष भर की कुल आय केवल 23047.00 रुपए होगी, यानी 1920.00 प्रति माह ही होगी। दक्खिनी वाराणसी के किसान पद्म श्री से सम्मानित श्री चंद्रशेखरजी का कहना है कि वास्तव में फसल में किसान की जितनी लागत आती है, उसे एम.एस.पी. पर भी बेचने पर उसे खास मुनाफा नहीं होता। बाजार में अनाज बेचने पर किसान को बहुत घाटा होता है, फिर भी छोटे-छोटे किसान खेती इसलिए करते हैं कि वे वर्ष भर परिवार के खाने,

पशुओं के चारे आदि की व्यवस्था कर सके।

एक साधारण किसान की कुल आय की योजना निम्न प्रकार से बनानी होगी—

प्रस्तावित योजना में कृषि से आय
(रकबा आधार 1.08 हेक्टेयर, यानी 2.67 एकड़)

		धान	गेहूँ
A2	जुताई, खाद, बीज, कीटनाशक, रोपाई, सिंचाई, बुआई, बँधाई इत्यादि (खाद सब्सिडी समाप्त करने के बाद)	47000	40000
	परिवहन	2000	2000
FL	पारिवारिक श्रम	5000	5000
C2	किराया अथवा ब्याज	21360	21360
	कुल	75360	68360
	भूसे की बिक्री	(–)1500	(–)1500
	कुल खर्च	73860	66360
	उत्पादन	36 कुं.	41 कुं.
	लागत (प्रति कुं.)	2051	1630
	एम.एस.पी.	2650	2450
	एम.एस.पी. पर आय	599	820
	कुल आय	21564	33620
	प्रोत्साहन राशि (चार सौ रुपए प्रति कुं.)	28800	32800
	वार्षिक आय	116784	
	प्रतिमाह पारिवारिक आय	9732	

यदि किसान गेहूँ व चावल की खेती करता है और कुछ जमीन पर आलू, प्याज, तिलहन आदि का उत्पादन करता है तो उसकी आमदनी में 1000 रुपए से 1500 रुपए प्रति माह कृषि आय से इजाफा हो सकता है।

आय की योजना (प्रति माह)		
1.	कृषि से आय	रु. 9732.00
2.	C2 यानी किराया व ब्याज	रु. 3560.00
3.	पशुपालन से आय (कम–से–कम 2 गाय)	रु. 5000.00
4.	अन्य फसल एवं मजदूरी इत्यादि से आय	रु. 5000.00
	कुल	रु. 23292.00

इस प्रकार छोटे किसानों की पारिवारिक आय को रुपया 23000 से 25000 प्रति माह किया जा सकता है।

सरकार का कृषि पर खर्च (वर्तमान में लगभग)		
		(लाख करोड़ रु. में)
1.	खाद्यानों की खरीद, एम.एस.पी. पर	2.00
2.	उर्वरक सब्सिडी	1.00
3.	अन्य सब्सिडी, बीमा, ऋण, सिंचाई, विद्युत् इत्यादि	1.00
4.	किसान सम्मान निधि	0.72
	कुल	4.72

कृषि यंत्रों पर सब्सिडी में काफी घपला होता है। सब्सिडी के माध्यम से बेचे जाने वाले कृषि यंत्रों के दाम पहले से ही बढ़ा लिये जाते हैं और सब्सिडी भी ले ली जाती है। इससे किसान को कोई फायदा नहीं होता। इसे बंद किया जाना चाहिए। कृषि यंत्रों के लिए बैंक द्वारा सस्ते कर्ज की व्यवस्था ही काफी है। उर्वरक सब्सिडी को भी समाप्त कर देना चाहिए, इसका ज्यादातर फायदा

उद्योगों को ही होता है। इससे किसान की लागत बढ़ेगी, एम.एस.पी. की गणना करते समय बढ़ी लागत जोड़ ली जाएगी। किसानों को उचित मूल्य देने पर 'किसान सम्मान निधि' योजना को भी समाप्त किया जा सकता है। जो कि आज सरकारी खजाने पर भार देने के बावजूद किसानों को कोई विशेष लाभ नहीं पहुँचा पा रही है।

सरकार का खर्च (प्रस्तावित)		
		(लाख करोड़ रु. में)
1.	एम.एस.पी. पर खरीद (खर्च सहित)	13.70
2.	प्रोत्साहन राशि	2.35
3.	प्रधानमंत्री अनाज योजना में गरीबों को सीधे भुगतान	1.80
	खर्च	17.85
4.	अनाज की बिक्री	15.00
5.	किसानों द्वारा हुई आय को औद्योगिक उत्पादनों की खरीद में खर्च से जी.एस.टी. व आयकर द्वारा सरकार को अतिरिक्त आय	1.50
	आय	16.50
	कुल खर्च	1.35

इस प्रकार सरकार की पहले की अपेक्षा लगभग साढ़े 3 लाख करोड़ रुपए की बचत होगी।

कृषि यंत्रों, ट्रैक्टरों के ऋण हेतु किसान की जमीन बंधक रखी जाती है, लेकिन दूसरी ओर कार व अन्य घरेलू वस्तुओं के लिए वह सामान, जिस पर ऋण लिया जाता है, केवल वही बंधक किया जाता है। इससे समय पर ऋण चुकता न किए जाने की अवस्था में बैंक किसानों की जमीनें नीलाम कर

देते हैं। इससे कभी-कभी वे निराश होकर आत्महत्या तक कर लेते हैं। अतः भूमि बंधक की प्रक्रिया को समाप्त कर कार इत्यादि की तरह कृषि यंत्रों को बंधक करने की व्यवस्था करनी होगी। हमारा यह मानना है कि देश में एक और हरित क्रांति की आवश्यकता है। अतः किसानों को और ज्यादा प्रोत्साहन देने के लिए कृषि कार्य हेतु तथा कृषि यत्रों पर ऋण के मूल धन की किस्तें समय पर जमा करने पर ब्याज में पूरी अथवा आधी छूट दी जानी चाहिए, इससे किसान समय पर ऋण की किस्तें जमा करने की कोशिश करेंगे तथा बैंक का धन भी नहीं डूबेगा। सब्जियों, फल इत्यादि कृषि उत्पादनों के लिए जगह-जगह विशेष सरकारी मान्यता प्राप्त दुकानें खोली जानी चाहिए। जहाँ किसान अपनी उपज सही दामों पर बेच सके तथा खरीद व बिक्री का मूल्य फसल की आमदनी को ध्यान में रखते हुए सरकार द्वारा निर्धारित किया जाना चाहिए। इसका संचालन कॉरपोरेट की तरह होना चाहिए। इससे किसानों की बिचौलियों पर निर्भरता कम होगी तथा उक्त वस्तुएँ उपभोक्ताओं को भी आसानी से वाजिब दामों में उपलब्ध होगी।

कृषि क्षेत्र में आधुनिकतम तकनीक का इस्तेमाल करना चाहिए तथा पैदावार बढ़ाने के लिए हमें इजराइल जैसे देश से सीख लेनी चाहिए।

इसके अलावा खेती के कार्य को लाभप्रद बनाने के लिए किसानों को तिलहन, आयुर्वेदिक दवा के पौधे तथा अन्य मुनाफा कमाने वाली खेती की जानकारियाँ उपलब्ध कराई जानी चाहिए तथा जगह-जगह उसके लिए ट्रेनिंग कैंप लगाए जाने चाहिए।

आज भी खेती मानसून पर निर्भर है। मानसून आधारित अर्थव्यवस्था भारत जैसे कृषि-प्रधान देश के लिए शर्मिंदगी की बात है। समझ में नहीं आता कि सिंचाई साधनों को पूरी तरह से विकसित करने के प्रयास क्यों नहीं किए गए हैं। कभी-कभी तो यह लगता है कि भ्रष्ट नौकरशाही ने सूखा नियंत्रण व बाढ़ नियंत्रण की व्यवस्था इसलिए नहीं करने दी होगी, ताकि प्राकृतिक आपदाओं के नाम पर प्रत्येक वर्ष दिए गए सरकारी धन का बंदरबाँट किया जा सके। यदि इतना धन सिंचाई साधनों को विकसित करने पर लगा दिया

गया होता तो राष्ट्रीय पैदावार में भी वृद्धि होती और किसानों की स्थिति भी बेहतर होती। अतः सिंचाई साधनों को विकसित करने के लिए युद्ध स्तर पर कार्य किया जाना चाहिए। बहुत से ऐसे इलाके हैं, जैसे उत्तरी बिहार, जहाँ बड़ी जोत वाले किसान हैं, बावजूद उसके वहाँ फसल नहीं हो पाती; क्योंकि उस क्षेत्र को हर वर्ष बाढ़ की विभीषिका का सामना करना पड़ता है। इसलिए जरूरी है कि नदियों को जोड़कर बाढ़ पर प्रभावी नियंत्रण किया जाए। पैदावार की वृद्धि के लिए तथा कीटाणु लगने से फसलों को होने वाले नुकसान को रोकने के लिए रासायनिक खादों एवं कीटनाशक दवाइयों का भरपूर उपयोग किया गया है, लेकिन इसके दूषित परिणाम भी हो रहे हैं। रासायनिक खादों व दवाइयों के चलते खाद्य पदार्थों के सेवन से नागरिकों की सेहत पर बुरा असर पड़ रहा है, गंभीर बीमारियाँ पैदा हो रही हैं, इसलिए यह भी आवश्यक हो गया है कि जैविक खादों तथा कीटनाशक दवाइयों की जगह अन्य उपायों के द्वारा खेती को बढ़ावा दिया जाए।

खेती से होनी वाली आय को आयकर से मुक्त रखा गया है। इसका फायदा उठाकर बहुत से राजनेताओं, नौकरशाहों, व्यापारियों ने कृषि-आय के नाम पर अरबों रुपए के कालेधन को सफेद किया है। यह समझ में नहीं आता कि आखिर आर्थिक निर्णय राजनैतिक लाभ के लिए क्यों लिये जाते रहे हैं। आय किसी भी कार्य से हो, चाहे वह व्यापार से हो, नौकरी से हो, अन्य किसी पेशे से हो या कृषि से हो। समान आय पर समान कर लगना चाहिए। इस प्रकार आयकर की छूट सामान्य न्याय के विपरीत है। आखिर कम आय वाले किसान, यानी छोटे किसानों पर कोई आयकर देयता होगी ही नहीं, लेकिन ज्यादा आय करने वाले बड़े किसानों पर अन्य लोगों की भाँति आयकर लगाना न केवल सामान्य न्याय के लिए अति आवश्यक है बल्कि भ्रष्टाचार को रोकने के लिए भी जरूरी है।

प्रस्तावित योजना का यदि उत्तर प्रदेश के संदर्भ में विश्लेषण किया जाए, यानी उदाहरण के तौर पर उत्तर प्रदेश का मूल्यांकन करें तो—

उत्तर प्रदेश में एम.एस.पी. पर गेहूँ खरीद की स्थिति (लाख टन में)				
वर्ष	**उत्पादन**	**खरीद लक्ष्य**	**खरीद**	**कुल प्रतिशत**
2017–18	356.5	40	36.99	10.4
2018–19	380.4	50	52.99	13.9
2019–20	380	55	37.00	9.7
2020–21	390	55	35.77	9.5
2021–22	378	60	56.21	15

स्रोत : उपभोक्ता मामले, खाद्य और सार्वजनिक वितरण मंत्रालय, यू.पी. सरकार

इसी प्रकार चावल का उत्पादन उत्तर प्रदेश में 170 लाख टन प्रति वर्ष होता है। सरकार ने खरीद लक्ष्य 50 लाख टन रखा था, जिसमें 2017–18, 2018–19, 2019–20 में क्रमशः 42.90 लाख टन, 48.25 लाख टन, 51.05 लाख टन खरीद हुई।

प्रस्तावित योजना के तहत स्थिति (लाख टन में)

प्रस्तावित योजना 2024-2025

फसल	उत्पादन लाख टन	किसान परिवार द्वारा उपयोग लाख टन	MSP रु. प्रति कुं.	MSP पर खरीद लाख टन	कुल खरीद करोड़ रुपयों में	सरकार का खर्च रु. 250 प्रति कुं. करोड़ रुपए में	सरकारी थोक बिक्री मूल्य रु. प्रति कुं.	सरकार की कुल बिक्री करोड़ रुपए में	सरकार को कुल लाभ करोड़ रुपए में	लागत A2+FL+C2 रुपए प्रति कुं.	प्रोत्साहन राशि प्रति कुं. रुपयों में	कुल प्रोत्साहन राशि	किसान को लाभ रुपए प्रति कुं.	किसान को कुल लाभ MSP पर करोड़ रुपए में
अनाज														
गेहूँ	350	50	2450	300	73500	7500	2800	84000	3000	1630	800	24000	1620	48600
चावल	160	60	2650	100	26500	2500	3000	30000	1000	2051	800	8000	1399	13990
ज्वार	2.32		3500	2.32	812	58	3800	881.6	11.6	2676	400	92.8	1224	283.968
बाजरा	21.39		2800	21.39	5989.2	534.75	3200	6844.8	320.9	1984	400	855.6	1216	2601.024
मक्का	16.36		2500	16.36	4090	409	3000	4908	409	1713	400	654.4	1187	1941.932
कुल	550.07	110		440.07	110891	11001.8		126634.4	4741			33603		67416.924
दलहन														
चना	57.05		5625	57.05	32090.6	1426.25	6200	35371	1854	4000	800	4564	2425	13834.625
मसूर	5	0.5	6300	4.5	2835	112.5	7000	3150	202.5	4200	800	360	2900	1305
अरहर	3.3	0.6	7600	2.7	2052	67.5	8300	2241	121.5	5300	800	216	3100	837

मूँग	0.15		9100	0.15	136.5	3.75	9700	145.5	5.25	7400	800	12	2500	37.5
उड़द	2.82	0.6	7500	2.22	1665	55.5	8200	1820.4	99.9	6000	800	177.6	2300	510.6
मटर	4.5				0				0					
कुल	72.82	1.7		66.62	38779.1	1665.5		42727.9	2283			5330		16524.725
तिलहन														
सरसों	10	1	5700	9	5130	225	6300	5670	315	3800	800	720	2700	2430
मूँगफली	1.1		7000	1.1	770	27.5	7600	836	38.5	5100	800	88	2700	297
सोयाबीन	0.39		5600	0.39	218.4	9.75	6200	241.8	13.65	4300	800	31.2	2100	81.9
तिल	0.98		9500	0.98	931	24.5	10200	999.6	44.1	7500	800	78.4	2800	274.4
कुल	12.47	1		11.47	7049.4	286.75		7747.4	605.4			917.6		3083.3
गन्ना	1356.4		350						0	225	0	0	125	16955
आलू	147.77		1200	147.77	17732.4	3694.25	2200	32509.4	11083	250	0	0	950	14038.15
प्याज	47		1200	47	5640	1175	2200	10340	3525	250	0	0	950	4465
कुल योग					180092.1	17823.3		219959.1	22238			39850		105528.1

सरकार का खर्च (प्रस्तावित)		
(लाख करोड़ रु. में)		
1.	एम.एस.पी. पर खरीद (खर्च सहित)	2.00
2.	प्रोत्साहन राशि	0.40
	खर्च	2.40
3.	अनाज की बिक्री	2.20
4.	किसानों द्वारा हुई आय को औद्योगिक उत्पादनों की खरीद में खर्च से जी.एस.टी. व आयकर द्वारा सरकार को अतिरिक्त आय	0.20
	आय	2.40
	कुल खर्च	0.00

इस प्रकार प्रदेश में संपूर्ण अनाज, एम.एस.पी. पर खरीदने तथा खर्च जोड़कर बिक्री किए जाने एवं किसानों को प्रोत्साहन राशि प्रदान किए जाने से सरकार पर कोई भार नहीं आएगा। मगर ऐसा करने से किसानों की आमदनी में एक लाख करोड़ रुपए का इजाफा होगा, जिससे किसान आवश्यक औद्योगिक उत्पादनों की खरीदकर सकेंगे और सरकार को अतिरिक्त बीस हजार करोड़ रुपया प्राप्त होगें। इस योजना से सरकार को बगैर कोई नुकसान हुए किसानों की आमदनी में जबरदस्त इजाफा होगा और जब किसान खुशहाल होंगे, खेती के प्रति उनकी रुचि बढ़ेगी तो वे और आधुनिक तरीकों का इस्तेमाल कर प्रति हेक्टेयर पैदावार बढ़ाएँगे, जिससे उनकी लागत भी कम होती जाएगी और उनका मुनाफा और भी बढ़ेगा और अंत में जी.डी.पी. में कृषि के योगदान में भी वृद्धि होगी तथा ग्रामीण अर्थव्यवस्था सुधरने से देश के ग्रामीण क्षेत्र का विकास होगा।

□

महँगाई
गरीबी-उन्मूलन रोजगार

महँगाई गरीबी-उन्मूलन रोजगार

"किसानों की आर्थिक स्थिति को सुधारने के लिए कृषि उत्पादनों के मूल्य बढ़ाने पड़ेंगे, लेकिन इसमें गरीबों पर आर्थिक बोझ न पड़े, उसके लिए उनकी क्रयशक्ति में इजाफा करना होगा। हमें असंगठित क्षेत्रों में काम कर रहे कामगारों व खेतिहर मजदूरों की दैनिक व मासिक मजदूरी की दरों में अपेक्षाकृत वृद्धि करनी होगी।"

एक ओर माँग और आपूर्ति के असंतुलन ने, भ्रष्टाचार ने, दोषपूर्ण वितरण-प्रणाली ने, जमीनों के दाम ने सर्कल रेट के द्वारा लगातार वृद्धि किए जाने से तथा अनेक प्रकार के करारोपण ने, महँगाई को जबरदस्त तरीके से बढ़ाने का काम किया है; दूसरी ओर किसानों की लागत बढ़ने तथा सार्वजनिक क्षेत्र में कार्य कर रहे लोगों के वेतन-वृद्धि से भी खाद्य पदार्थों तथा अन्य वस्तुओं के दामों में इजाफा हुआ है।

हमारा यह मानना है कि देश में भुखमरी व गरीबी को समाप्त किया जाना आवश्यक है। हमें किसानों की आर्थिक स्थिति सुधारने के लिए कृषि उत्पादनों के मूल्य और बढ़ाने होंगे, लेकिन इससे गरीबों पर आर्थिक बोझ न पड़े, इस पर भी ध्यान देना आवश्यक होगा। इसलिए हमें प्रयास इस प्रकार से करना होगा कि किसानों को उनकी उपज का लाभकारी मूल्य प्राप्त हो सके

तथा महँगाई की तुलना में नागरिकों की क्रयशक्ति में इजाफा हो।

इंटरनेशनल लेबर ऑर्गेनाइजेशन (ILO) ने हाल में ही एक रिपोर्ट प्रकाशित की है, जिसमें बताया गया है कि भारत में बेरोजगारी का स्तर लगातार बढ़ रहा है। 2017 में भारत में 1 करोड़ 43 लाख लोग पूरी तरह बेरोजगार थे, जो 2018 में बढ़कर 1 करोड़ 46 लाख हो गए। 12 करोड़ लोगों को आज भी पूरी तरह से नौकरी नहीं मिल पाई है। श्रम रोजगार की रिपोर्ट के अनुसार देश में स्व-रोजगार के मौके घटे हैं और नौकरियाँ भी कम हुई हैं। 2020 में शहरी इलाकों में बेरोजगारी की दर 9.15 प्रतिशत और ग्रामीण इलाकों में यह आँकड़ा 6.6 प्रतिशत रहा है। हाल के एक सर्वे के अनुसार मार्च 2023 में बेरोजगारी की दर 8.11 प्रतिशत रिकॉर्ड की गई है। बेरोजगारों की कुल संख्या 2023 में बढ़कर 3.15 करोड़ हो गई, जो ग्रामीण क्षेत्र में वृद्धि के कारण है।

संयुक्त राष्ट्र की 2014 की एक रिपोर्ट के अनुसार भारत दुनिया का सबसे युवा देश है, जहाँ 35.06 करोड़ आबादी युवाओं की है। किसी भी देश की तरक्की वहाँ के युवाओं को मिलने वाले रोजगार पर निर्भर करती है।

नेशनल क्राइम रिकॉर्ड ब्यूरो की नवीनतम रिपोर्ट के अनुसार 2018 में किसानों से ज्यादा बेरोजगार लोगों ने आत्महत्या की है जो कि एक चिंता का विषय है। 2018 में 12938 लोगों ने बेरोजगारी से तंग आकर आत्महत्या की है।

भारत में 45 प्रतिशत नियमित कर्मियों को हर महीने रु. 10000.00 से भी कम वेतन मिलता है। 12 प्रतिशत लोगों को 30 दिनों की मेहनत के बदले रु. 5000.00 से भी कम मिलता है। नियमित महिला कर्मचारियों को भी 63 प्रतिशत को रु. 10000.00 से भी कम और 32 प्रतिशत को रु. 5000.00 से भी कम वेतन मिलता है।

भारत में बेरोजगारी का एक बड़ा कारण है, यहाँ शिक्षा और कौशल की कमी। शिक्षा-प्रणाली में सुधार के प्रयासों के बावजूद आबादी का एक महत्त्वपूर्ण हिस्सा अप्रशिक्षित है और नौकरी के लिए प्रतिस्पर्धा करने में सक्षम नहीं है, क्योंकि उसके पास कौशल का अभाव है। लोग बड़ी-बड़ी डिग्रियाँ

लेकर बैठे हैं, लेकिन उन्हें काम करने का हुनर हासिल न होने के कारण कंपनियों में नौकरी नहीं मिल पाती है।

भारत में अत्यधिक गरीबी घटकर 21.92 प्रतिशत रह गई है, जो कि 1.90 यू.एस. डॉलर प्रतिदिन (142 रुपए, यानी 3550 रु. प्रति माह) प्रति परिवार है। इनकी संख्या लगभग सत्ताईस करोड़ है, तथापि 58 प्रतिशत जनता अभी भी गरीब है, जो 3.10 यू.एस. डॉलर प्रतिदिन (232 रुपए, यानी 5800

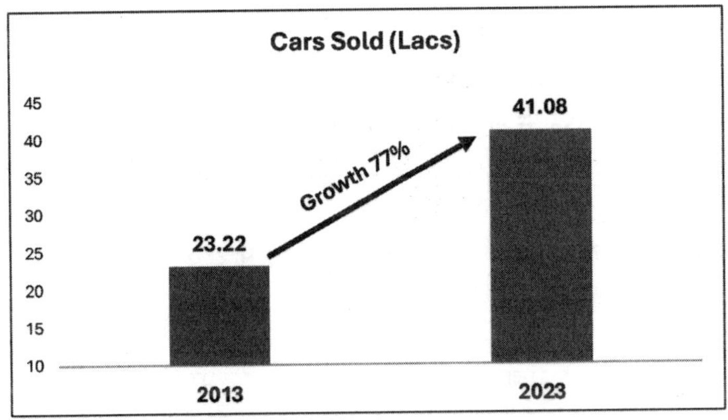

Fig- 2.1 Car Sold (Lacs)
Source: Society of Indian Automobile Manufacturers (SIAM)

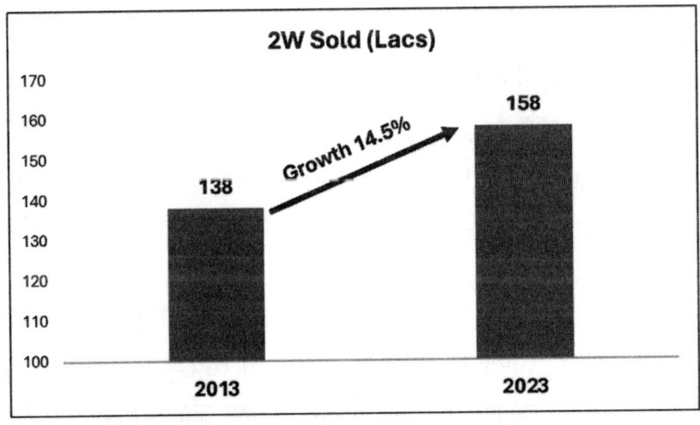

Fig- 2.2 2W Sold (Lacs)
Source: Society of Indian Automobile Manufacturers (SIAM)

रु. प्रति माह) से जीवनयापन कर रही है। भारत में प्रति व्यक्ति आय 2014-15 में 72805 रुपए सालाना, यानी 6067 रुपए मासिक थी, जो 2022-23 में बढ़कर 98118 रुपए, यानी 8197 रुपए मासिक हो पाई है।

गरीबी व अमीरी का तुलनात्मक अध्ययन

हम गरीबी व अमीरी के बीच तुलनात्मक अध्ययन करें। वर्ष 2013-14 में 3.79 करोड़ इनकम टैक्स रिटर्न फाइल हुए थे। वहीं 2023-24 में 8.1 करोड़ लोगों ने इनकम टैक्स रिटर्न फाइल किया है। प्रत्यक्ष कर संग्रह 2013-14 के 6.38 लाख करोड़ के मुकाबले 2022-23 में 16.64 लाख करोड़ प्राप्त हुए हैं, यानी मध्यम वर्ग के लोगों की संख्या बढ़ी है, जो विशेषकर सर्विस सेक्टर, कॉरपोरेट एवं सरकारी नौकरी में वृद्धि के कारण है। कुल जनसंख्या के आय की स्थिति इसी बात से साबित होती है कि ज्यादातर आबादी की क्रयशक्ति नहीं बढ़ी है; क्योंकि प्रतिव्यक्ति आय की गणना में उच्च वर्ग एवं मध्यम वर्ग की आय भी सम्मिलित होती है। यदि हम लोगों की क्रयशक्ति की तुलना करें तो जहाँ 2013-14 में भारत में 25.03 लाख कारें बिकीं, वहीं 2023-24 में 42.19 लाख करें बिकीं, यानी 68.55 प्रतिशत की वृद्धि हासिल हुई। वहीं 2 पहिया वाहनों की बिक्री 2013-14 के 148.05 लाख से बढ़कर 179.74 लाख हुई, यानी केवल 20.93 प्रतिशत की वृद्धि हासिल हुई। इससे साफ जाहिर होता है कि मध्यम वर्ग में वृद्धि भी हुई और उनकी क्रयशक्ति में भी इजाफा हुआ, जिससे वे कार खरीदने में सक्षम हो रहे हैं। लेकिन दूसरी ओर निम्न आय वर्ग की संख्या ज्यादा होने के बावजूद 2 पहिया वाहनों की बिक्री की ग्रोथ कम होना दर्शाता है कि उक्त वर्ग की क्रयशक्ति में इजाफा नहीं हो रहा है।

इकोनॉमिक सर्वे 2021-22 के अनुसार भारत में कुल वर्कफोर्स का 93 प्रतिशत हिस्सा असंगठित क्षेत्र का है। देश में कुल काम करने वालों की संख्या लगभग 53.53 करोड़ है, जिसमें 43.99 करोड़ लोग असंगठित क्षेत्र में काम करते हैं। भारत में असंगठित क्षेत्र मूलत: ग्रामीण आबादी से बना है, इसमें भूमिहीन किसान व छोटे किसान भी हैं। शहरों में ये लोग खुदरा कारोबार, थोक व्यवसाय, विनिर्माण, उद्योग, परिवहन, भंडारण व निर्माण

उद्योग में कार्यरत हैं। इसमें ज्यादातर लोग फसल बोआई व कटाई के समय अपने गाँव चले जाते हैं। इन जगहों पर काम करने वाले लोगों पर फैक्टरी एक्ट जैसे कानून भी लागू नहीं हो पाते।

असंगठित क्षेत्र (श्रमिकों की स्थिति)

असंगठित क्षेत्र में श्रमिकों की आय संगठित क्षेत्र की तुलना में बेहद कम है एवं अनिश्चित है। यहाँ तक कि ज्यादातर जीवन स्तर के न्यूनतम निर्वाह के लायक भी नहीं है। विशेषकर कृषि व निर्माण क्षेत्र में पूरे वर्ष काम न मिलने के कारण वार्षिक आय और भी कम हो जाती है। इस क्षेत्र में सरकार द्वारा घोषित न्यूनतम वेतन भी नहीं दिया जाता। वैसे ही हमारे देश में वैश्विक मानकों की तुलना में न्यूनतम मजदूरी की दरें काफी कम हैं। असंगठित क्षेत्र में कार्य कर रहे लोगों को चिकित्सा, देखभाल, दुर्घटना, पेंशन आदि योजनाओं का भी लाभ नहीं मिल पाता है। असंगठित क्षेत्र में लगभग 4.89 करोड़ लोग निर्माण क्षेत्र में, 5.01 करोड़ लोग व्यवसाय, होटल, रेस्टोरेंट में, 63 लाख लोग एजुकेशन में एवं 27 लाख लोग स्वास्थ्य सेवाओं में काम कर रहे हैं। नियमित वेतन-भोगी कर्मचारियों की संख्या 2022-23 में 14.3 करोड़ थी।

असंगठित क्षेत्र में उद्योग के अनुसार कर्मचारियों की संख्या	
2011-12 के अनुसार	(करोड़ में)
खनन	0.18+
विनिर्माण	5.25+
विद्युत् एवं जल प्रबंधन	0.12
निर्माण	4.89
व्यवसाय, होटल, रेस्टोरेंट	5.01+
शिक्षा	0.63
स्वास्थ्य	0.27

कृषि मजदूरों की समस्या

कृषि मजदूरों की संख्या पिछले दशक में बहुत ज्यादा बढ़ी है। जहाँ सदी के पहले जनगणना में कृषि मजदूरों की संख्या 10.06 करोड़ थी, वहीं पिछली जनगणना में बढ़कर 14.04 करोड़ हो गई। इसका एक कारण यह भी है कि पीढ़ी-दर-पीढ़ी परिवार की संख्या बढ़ने के साथ-साथ कृषिभूमि कम हो रही है। इसलिए मजदूरी पर निर्भरता बढ़ रही है। गाँव के खेतों में भी तेजी से बढ़ते मशीनीकरण से यहाँ भी रोजगार घटता चला जा रहा है। हमें मैन्युफैक्चरिंग क्षेत्र को बढ़ाकर कृषिक्षेत्र में ज्यादा बढ़ रहे मजदूरों को वहाँ स्थानांतरित करना होगा।

समाधान

हमें असंगठित क्षेत्रों में काम कर रहे कामगारों तथा खेतिहर मजदूरों की क्रयशक्ति बढ़ाने के उपाय करने की ओर कदम बढ़ाना ही होगा, ताकि गरीबी को पूरी तरह से समाप्त किया जा सके। इसके लिए दैनिक व माहवारी मजदूरी की दरों में बृद्धि करने की आवश्यकता है। मजदूरी की दरें जीवन की मुख्य आवश्यकताओं को देखते हुए तथा बाजार में उपलब्ध वस्तुओं की कीमतों को देखते हुए तय की जानी चाहिए। आज की महँगाई को देखते हुए खेतिहर मजदूरों की दैनिक मजदूरी की दरें कम-से-कम 600 रुपए प्रतिदिन व माहवारी दर 18000 रुपए से कम नहीं होनी चाहिए। अन्य क्षेत्रों में काम कर रहे कामगारों की मजदूरी छोटे व मध्यम शहरों में 21000 रुपया प्रति माह तथा बड़े शहरों में 24000 रुपए प्रति माह से कम नहीं होना चाहिए। निर्माण के क्षेत्र में लगे दैनिक मजदूरों की दैनिक मजदूरी भी 700 रुपए प्रतिदिन होनी चाहिए। घरेलू कामगारों की मजदूरी भी 18000 रुपए प्रति माह से कम नहीं होनी चाहिए।

मजदूरी दरों में बृद्धि का प्रभाव

कुछ लोग ऐसा मान सकते हैं कि ऐसा करने से महँगाई में और ज्यादा बृद्धि होगी, लेकिन मैं समझता हूँ कि सरकारी क्षेत्र में तथा संगठित क्षेत्र में

कार्य कर रहे कामगारों को पर्याप्त मजदूरी मिल रही है। संगठित क्षेत्र मजदूरी को अपनी लागत में जोड़कर तब अपना मुनाफा तय करता है तथा सरकार जनता से प्राप्त करों से तनख्वाह देती है, लेकिन व्यापारिक प्रतिस्पर्धा ज्यादा होने के कारण तथा किसानों को फसल का लाभप्रद मूल्य न मिलने के कारण असंगठित क्षेत्रों में मजदूरी की दरें काफी कम हैं तथा सरकार द्वारा भी न्यूनतम, मजदूरी की दरें तय करते समय श्रमशक्ति की उपेक्षा की गई है। दूसरी ओर यह भी एक सच्चाई है कि ज्यादातर व्यापारी का मुनाफा भी कॉरपोरेट द्वारा संचालित है। कॉरपोरेट व्यापारी का मुनाफा तय करते समय यदि यह ध्यान रखें कि व्यापारी अपने यहाँ कार्य कर रहे लोगों का उचित तनख्वाह दे सके तो इससे वे समाज के प्रति अपने उत्तरदायित्व का निर्वहन करेंगे। महँगाई बढ़ने के नाम पर असंगठित क्षेत्रों में तथा कृषि में काम कर रहे कामगारों को उचित पारिश्रमिक न देकर उनका शोषण व उनपर एक तरह से अत्याचार हो रहा है। हमारा यह कदम निश्चित रूप से करोड़ों नागरिकों की क्रयशक्ति में इजाफा करेगा तथा गरीबी की रेखा से ऊपर उठकर वे जीवन के तमाम साधनों का उपयोग कर सकेंगे। आखिर उनके द्वारा प्राप्त अरबों रुपए बाजार में ही आएँगे, जिससे सामानों की माँग बढ़ेगी,

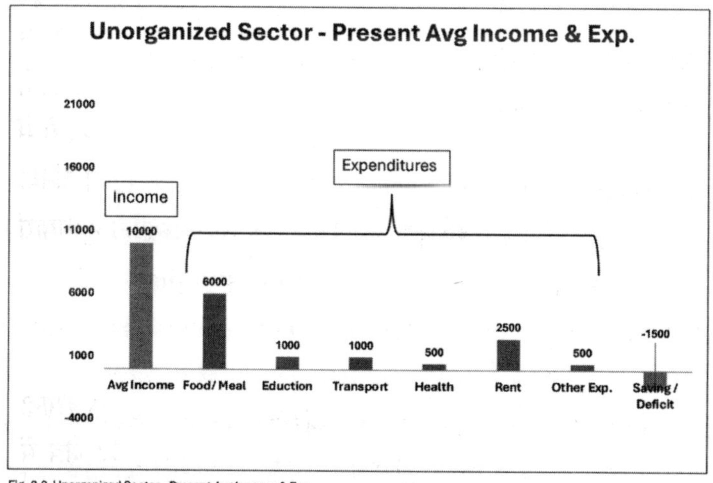

Fig- 2.3 Unorganized Sector - Present Avg Income & Exp.

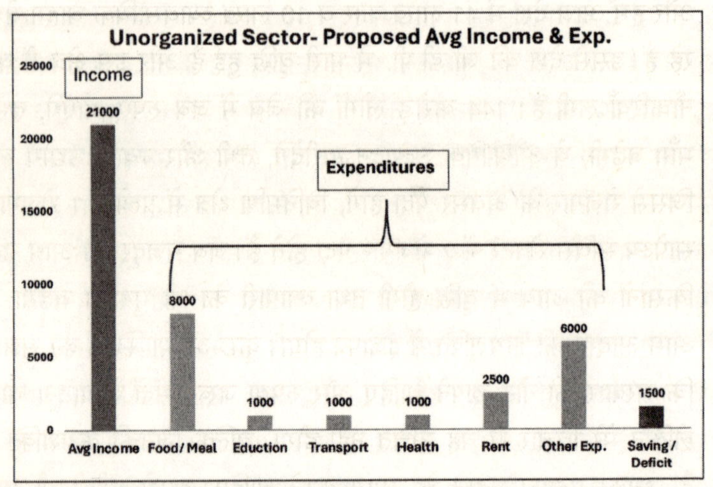

Fig-2.4 Unorganized Sector - Proposed Avg Income & Exp.

उत्पादन बढ़ेगा, रोजगार बढ़ेगा एवं बेरोजगारी की समस्या का भी समाधान होगा तथा राष्ट्रीय आय में भी वृद्धि होगी। एक अनुमान के अनुसार करोड़ों नागरिकों की क्रयशक्ति में लगभग 50 लाख करोड़ का वार्षिक मुनाफा बढ़ेगा, जिससे श्रमिकों द्वारा तमाम सामानों की खरीद से आज के प्रचलित कर प्रक्रिया में, सरकारी राजस्व में भी लगभग 15 लाख करोड़ रुपए का इजाफा होगा तथा हजारों दक्ष मजदूरों के बाहर के देशों में जाकर काम करने की मजबूरी पर रोक लगेगी।

गरीबी उन्मूलन (रोड मैप)

वर्ष 2020 में अमरीका की जी.डी.पी. 21.32 ट्रिलियन डॉलर थी। चीन की जी.डी.पी. 14.86 ट्रिलियन डॉलर थी। लेकिन भारत की जी.डी.पी. केवल 2.67 ट्रिलियन डॉलर थी। यदि हमारा लक्ष्य आने वाले एक-दो वर्षों में जी.डी.पी. को 5 ट्रिलियन डॉलर तक पहुँचाने का है तो हमें हर क्षेत्र में काम कर रहे लोगों का मुनाफा बढ़ाना ही होगा। नीति निर्माताओं ने देखा है कि जब देश में सड़कों का जाल फैला, हाई वे बने तभी तो गाड़ियों की डिमांड बढ़ी

और हम आज देश में 41 लाख कार व 10 लाख व्यावसायिक वाहन बेच पा रहे हैं। इससे देश की जी.डी.पी. में भारी वृद्धि हुई है और इस क्षेत्र में काफी नौकरियाँ लगी हैं। 144 करोड़ लोगों की जेब में जब रुपए आएँगे, तभी तो माँग बढ़ेगी, वे औद्योगिक उत्पादन खरीदेंगे, तभी और ज्यादा उद्योग लगेंगे, जिससे रोजगार के अवसर पैदा होंगे, विनिर्माण क्षेत्र में प्रत्येक 1 रोजगार के सापेक्ष्य सर्विस सेक्टर में 2 रोजगार पैदा होते हैं। जब मजदूर की आय बढ़ेगी, किसानों की आय में वृद्धि होगी तथा व्यापारी का भी मुनाफा बढ़ेगा, तभी आम आदमी की क्रयशक्ति में इजाफा होगा। कुछ अर्थशास्त्रियों का सुझाव है कि सरकार को नोट छापने चाहिए और रुपया जरूरतमंदों में बाँटना चाहिए, लेकिन मेरे विचार से यह उचित नहीं होगा, बल्कि जिनकी क्रयशक्ति कम है, उनका मुनाफा बढ़ाने के उपाय करने चाहिए। इससे गरीबी भी समाप्त होगी और धीरे-धीरे सरकार द्वारा मुफ्त में धन बाँटने की आवश्यकता पर रोक लगेगी। हमें नागरिकों को मुफ्त अनाज देने के अलावा उनके जीवन की गुणवत्ता बढ़ाने के उपाय देखने होंगे।

मनरेगा स्कीम के तहत लगभग 10 से 12 करोड़ लोगों को काम मिलता है। इनकी मजदूरी की दर खेतिहर मजदूरी की दर से भी कम, लगभग बिहार में 195 रुपए प्रतिदिन तथा उत्तर प्रदेश में 230 रुपए प्रतिदिन है। ज्यादातर मजदूरों को सौ दिन से ज्यादा काम नहीं मिल पाता। ऐसे में ये सभी वास्तविक गरीबी की रेखा से नीचे जीने के लिए मजबूर हैं। इनकी क्रयशक्ति शून्य है और राष्ट्र की जी.डी.पी. में इनका योगदान नगण्य है। आवश्यकता इस बात की है कि इन तमाम मनरेगा मजदूरों को इंफ्रास्ट्रक्चर के विकास में लगाया जाना चाहिए। विशेष कर नए शहरों के विकास में इनका उपयोग कर वर्षपर्यंत इन्हें अन्य लोगों की भाँति मजदूरी दी जा सकती है। इससे करोड़ों मजदूर गरीबी से बाहर आएँगे, तेजी से विकास कार्य होंगे और लगभग 20 लाख करोड़ रुपए इनके हाथों में जाने से राष्ट्र की जी.डी. पी. में भी वृद्धि होगी।

विश्लेषण

भारत आज महँगाई, बेरोजगारी एवं गरीबी—तीनों समस्याओं से गंभीर रूप से जूझ रहा है।

यदि हम इसका विश्लेषण करें तो पाएँगे कि अगर बाजार में उपलब्ध जरूरत के सामानों, विशेषकर खाद्यान्न के दाम ज्यादा हैं, मगर नागरिकों की आमदनी ठीक है तो गरीबी नहीं रहेगी और यदि आवश्यक सामानों के दाम कम हों तो आमदनी कम होने पर भी गरीबी नहीं रहेगी। यदि आवश्यक सामान महँगे हों और आमदनी कम हो तो गरीबी बढ़ती जाएगी।

आज महँगाई तो बढ़ रही है, मगर करोड़ों लोग, जो असंगठित क्षेत्रों में काम कर रहे हैं, उनकी आमदनी काफी कम है, इसीलिए लोग गरीबी की मार झेल रहे हैं।

यदि हम कृषि उत्पादन के दाम कम करने का प्रयास करेंगे तो किसानों को नुकसान होगा। अतः कृषि उत्पादनों का दाम बढ़ाकर हमें किसानों की आमदनी बढ़ानी ही पड़ेगी। साथ-ही-साथ हर क्षेत्र में काम कर रहे लोगों की आमदनी भी अपेक्षाकृत बढ़ानी पड़ेगी। मजदूरी की दरों को काफी बढ़ाना पड़ेगा, इससे कृषि उत्पादनों के दाम ज्यादा होने पर भी लोग खाद्यान्न आसानी से खरीद सकेंगे और बाकी रुपयों से औद्योगिक वस्तुएँ खरीद पाएँगे, जिससे माँग बढ़ने के कारण उद्योगों का भी विकास होगा और बेरोजगारी भी समाप्त होगी।

महँगाई व गरीबी उन्मूलन के लिए हमें निम्न अन्य उपाय भी करने होंगे—

1. सरकारी तंत्र के भ्रष्टाचार को नियंत्रित करने के ठोस उपाय करने होंगे।
2. दोषपूर्ण वितरण व्यवस्था को सुधारकर पारदर्शी बनाना होगा तथा जवाबदेही तय करनी होगी।
3. महँगाई कम करने का सबसे बड़ा रास्ता है उत्पादकता बढ़ाना। प्रति हेक्टेयर खेती की पैदावार बढ़ाने से खेती की लागत कम होगी,

जिससे खाद्य पदार्थों के दाम कम होंगे। जब किसानों, मजदूरों की आय में इजाफा होगा, तब औद्योगिक उत्पादनों की माँग बढ़ने से उद्योग ज्यादा उत्पादन करेंगे, जिससे प्रति यूनिट लागत कम होगी और औद्योगिक उत्पादन के दाम भी घटेंगे।

(क) खेती की जमीनों पर कृषि कार्य करना अनिवार्य होना चाहिए। लाखों लोग गाँव में जमीनों को परती छोड़कर शहरों में नौकरी तथा अन्य काम करते हैं। यदि खेती में उनकी दिलचस्पी नहीं है तो निश्चित रूप से उन खेतों को या तो वे किराए पर देकर खेती करावें या उन किसानों को हस्तांतरित करें, जो उन जमीनों पर फसल उगा सकें अथवा उन जमीनों पर वे फलों के वृक्ष लगावें। राज्य सरकारों को चाहिए कि वे एक नई संस्था बनावें, जिनका प्रबंधन मैनेजमेंट विशेषज्ञों व कृषि वैज्ञानिकों द्वारा कराया जाए। हर ब्लॉक पर इसकी शाखाएँ हों तथा उन खेतों पर, जिनपर खेती न की जा रही हो अथवा जो जमीन परती पड़ी हो, उनके मालिकों को नोटिस देकर उक्त खेतों को विकास हेतु निश्चित समय तक संस्था से संबद्ध कर दिया जाए। उक्त खेतों पर संस्था द्वारा कृषि उत्पादन किया जाए तथा कुछ मूल्य जमीन मालिक को किराए के रूप में प्राप्त हो। इससे राष्ट्रीय पैदावार में वृद्धि होगी तथा खेतिहर मजदूरों को भारी संख्या में रोजगार प्राप्त होगा और दूरदराज के इलाकों में भी कृषि के द्वारा रोजगार बढ़ेगा।

(ख) शहरों में विकास बोर्ड द्वारा ग्रहण की गई जमीन, औद्योगिक संस्थानों द्वारा विकसित की गई जमीन अथवा अन्य डवलपर द्वारा विकसित की गई जमीनें, शहर के नजदीक की रोड के किनारे की जमीनें तमाम पूँजी लगाने

वाले लोगों द्वारा खरीदकर रख ली जाती हैं तथा बाद में जरूरतमंद लोगों को महँगे दाम पर बेचा जाता है। जिससे महँगाई में बेतहाशा वृद्धि होती है तथा कालेधन का सृजन होता है। आवश्यकता इस बात की है कि इसके लिए व्यापक नियम बनें तथा एक निश्चित अवधि में जमीन पर कार्य प्रारंभ न करने की अवस्था में उसका आवंटन रद्द कर दिया जाए एवं जरूरतमंद लोगों को आवंटित किया जाए। एक निश्चित अवधि के बाद अन्य खरीदी हुई जमीनों को भी कोई कार्य न करने की अवस्था में जब्त किया जाए।

5. कर व्यवस्था में सुधारकर करों की दरें कम की जाएँ। बेहतर तो यह है कि तमाम करों को समाप्त कर अन्य उपायों द्वारा राजस्व जुटाया जाए, ताकि महँगाई एवं भ्रष्टाचार कम किया जा सके।

युवाओं के लिए कृषि, उद्योग व सेवा के क्षेत्र में पर्याप्त रोजगार सृजन सुनिश्चित करने हेतु व्यापक कार्यक्रम चलाया जाना चाहिए, ताकि देश में बेरोजगारी का संकट समाप्त हो सके।

खादी ग्रामोद्योग को एक कॉरपोरेट की तरह विकसित किया जाना चाहिए। उसका प्रबंधन भी प्रोफेशनल मैनेजर्स के हाथों में दिया जाना चाहिए। देश के प्रत्येक ब्लॉक में खादी ग्रामोद्योग के बेहतर तकनीक के साथ उत्पादन व वितरण केंद्र बनाए जाएँ, जिसमें युवकों व युवतियों को प्रशिक्षण देकर विभिन्न प्रकार की वस्तुओं के उत्पादन व वितरण में लगाया जाए। वहाँ से उत्पादित माल की आपूर्ति देश के साथ-ही-साथ विदेशों में भी उनका निर्यात किया जा सकता है। इस क्षेत्र में रोजगार की बड़ी भारी संभावनाएँ ग्रामीण क्षेत्र में उत्पन्न की जा सकती हैं।

आई.टी.आई. जैसी संस्थाओं से तथा माध्यमिक शिक्षा के बाद रोजगारपरक शिक्षा के माध्यम से निकले हुए युवकों व युवतियों को विभिन्न क्षेत्रों में रोजगार के अवसर प्रदान किए जा सकते हैं। राष्ट्र में लगभग 10

लाख **ड्राइवरों** की माँग हर वर्ष रहती है। पूरे देश में प्रशिक्षित ड्राइवरों की बहुत कमी है तथा अप्रशिक्षित ड्राइवरों के चलते सड़क दुर्घटनाएँ बहुत ज्यादा होती हैं। अतः ड्राइवर्स के प्रशिक्षण का वृहद् कार्यक्रम चलाया जाए। इसी प्रकार **कार, ट्रक एवं स्कूटर मैकेनिक्स, इलेक्ट्रिकल मैकेनिक्स, डेंटर, पेंटर** इत्यादि ऑटो मोबाइल क्षेत्रों में कार्य करने वालों की बहुत बड़ी आवश्यकता है। ऑटो मोबाइल कंपनियों के सी.एस.आर. के माध्यम से उक्त कार्यक्रम चलाया जा सकता है। इस उद्योग के माध्यम से वर्ष में 25 लाख कामगारों को रोजगार के नए अवसर प्रदान किए जा सकते हैं।

देश में **बढ़ई, राजगीर** इत्यादि कामगारों की बहुत बड़ी आवश्यकता है। इनके प्रशिक्षण की व्यवस्था कर लाखों युवकों को उक्त क्षेत्र में काम पर लगाया जा सकता है।

आधारभूत ढाँचे के विकास पर विशेष जोर देना होगा। सड़क, पुल, अस्पताल, स्कूल, रेलवे, स्पेशल औद्योगिक जोन, पॉवर प्लांट व नए शहर के विस्तार आदि पर तीव्र गति से कार्य करने की आवश्यकता है। इससे औद्योगीकरण को गति मिलेगी, मूलभूत ढाँचा सुदृढ़ होगा तथा नागरिकों को रोजगार के तमाम अवसर प्राप्त होंगे।

भवन-निर्माण के कार्य को प्रोत्साहित करने की आवश्यकता है, जिससे देश में मकानों की कमी भी दूर होगी तथा इस क्षेत्र में लाखों मजदूरों को काम मिलेगा। निर्माण-क्षेत्र का इस देश की जी.डी.पी. में लगभग 7 प्रतिशत योगदान है। मगर वे लगभग 15 प्रतिशत रोजगार प्रदान करते हैं। इसलिए इस क्षेत्र को काफी प्रोत्साहित करने की आवश्यकता है। इससे घर की कमी भी दूर होगी तथा बेरोजगारी का संकट भी कम होगा। फ्लैट की खरीद पर जी.एस.टी. को समाप्त करना चाहिए। जब सरकार फ्लैट की खरीद पर स्टांप ड्यूटी चार्ज करती है, तब जी.एस.टी. के माध्यम से दोहराकर लगाना भी न्यायोचित नहीं है।

देश में **शिक्षकों** की भारी कमी है। विभिन्न विषयों के शिक्षक तैयार कर प्राइमरी व माध्यमिक शिक्षा तथा कौशल विकास शिक्षा के कार्य में नियोजित

करना चाहिए, इसी क्षेत्र में रोजगार की काफी संभावनाएँ हैं।

भारत के तमाम अस्पतालों में **ट्रेंड नर्सों** की काफी कमी है, अतः उन अस्पतालों के लिए तथा नए सुपरस्पैशलिटी अस्पतालों के लिए लाखों नर्सों की आवश्यकता होगी, अतः सभी अस्पतालों के साथ नर्स ट्रेनिंग सेंटर खोलकर उक्त कमी को दूर किया जा सकता है।

मनरेगा मजदूरों को आधारभूत ढाँचे के विकास से जोड़ने तथा कृषि क्षेत्र में परती भूमि पर सरकार द्वारा खेती विकसित किए जाने के लिए उसका भरपूर उपयोग करने से। इससे वर्षपर्यंत उन्हें काम दिया जा सकेगा तथा पूरी न्यूनतम मजदूरी दी जा सकेगी।

□

उद्योग व व्यापार

उद्योग व व्यापार

"भारत की मेक इन इंडिया की नीति तभी सफल होगी, जब हम विनिर्माण क्षेत्र में ज्यादा निवेश बढ़ावे तथा उसे प्रोत्साहन दे। निश्चित रूप से विनिर्माण क्षेत्र के बढ़ने का सीधा लाभ कृषि क्षेत्र को भी होगा। अतः निर्यात क्षमता वह विनिर्माण क्षेत्र में वृद्धि करना औद्योगिक नीति का मूल दर्शन होना चाहिए।"

भारत की 135 करोड़ की जनसंख्या में सन् 2020-21 के अनुसार कुल 50.10 करोड़ श्रम शक्ति उपलब्ध है, जिसमें 47 करोड़ लोग रोजगार में लगे हैं तथा 3 करोड़ लोग बेरोजगार हैं, यानी कुल श्रमशक्ति के लगभग 6.18 प्रतिशत लोग आज भी बेरोजगार हैं। जबकि एशिया के अन्य देशों, जैसे बांग्लादेश में बेरोजगारी की दर 5.3 प्रतिशत, श्रीलंका में 4.84 प्रतिशत तथा पाकिस्तान में 4.65 प्रतिशत है। कुल 47 करोड़ रोजगार प्राप्त लोगों में 41.19 प्रतिशत खेती में, 26.18 प्रतिशत उद्योग (यानी विनिर्माण, होटल, रेस्टोरेंट) में तथा 32.33 प्रतिशत सेवा क्षेत्र में कार्य कर रहे हैं। 47 करोड़ श्रमिकों में केवल 9 करोड़ लोग संगठित क्षेत्र में कार्य कर रहे हैं, जिसमें 4 करोड़ लोग उत्पादन में, 3 करोड़ लोग सेवा क्षेत्र में और 2 करोड़ लोग सरकारी क्षेत्र में कार्य कर रहे हैं। लगभग 38 करोड़ लोग असंगठित क्षेत्र में, जिसमें से 14 करोड़ लोग खेती में, 6 करोड़ लोग निर्माण में एवं बाकी

18 करोड़ लोग अन्य छोटे-मोटे कार्य अथवा खुद का व्यवसाय करते हैं। इन लोगों पर कोई सरकारी नियम-कानून लागू नहीं हो पाते, जिससे इन्हें कोई सामाजिक सुरक्षा का लाभ भी नहीं है।

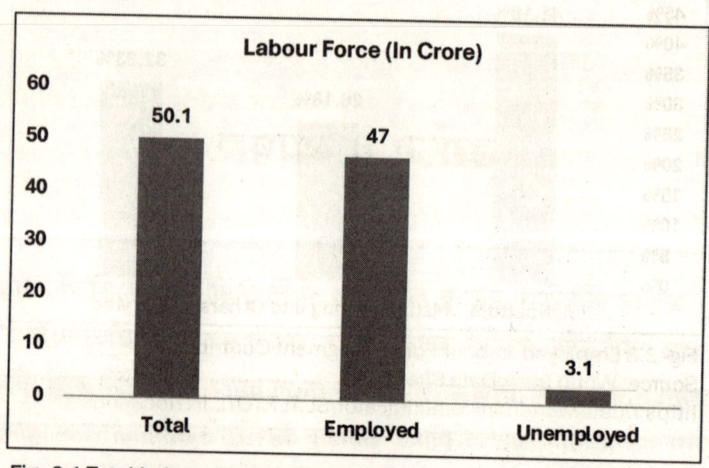

Fig- 3.1 Total Labour Force In India
Source: World Bank Data Sheet
https://data.worldbank.org/indicator/SL.TLF.TOTL.IN?locations=IN

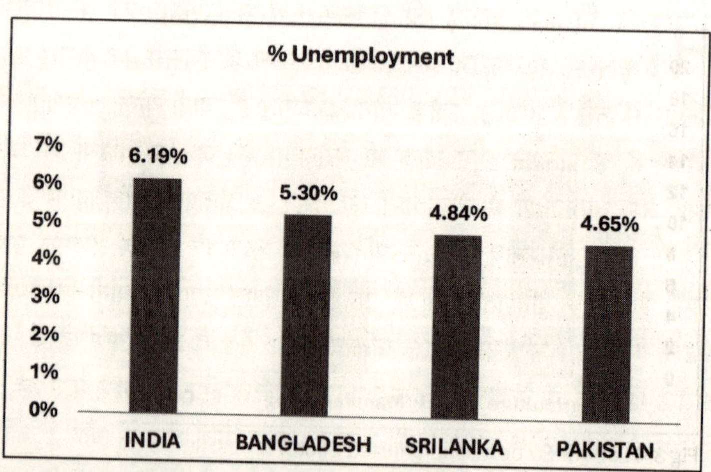

Fig- 3.2 Unemployment in different countries
Source: World Bank Data Sheet
https://data.worldbank.org/indicator/SL.TLF.TOTL.IN?locations=IN

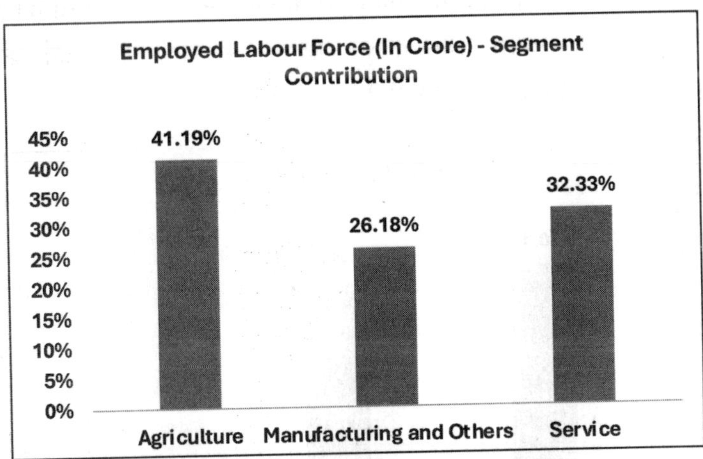

Fig- 3.3 Employed Labour Force - Segment Contribution
Source: World Bank Data Sheet
https://data.worldbank.org/indicator/SL.TLF.TOTL.IN?locations=IN

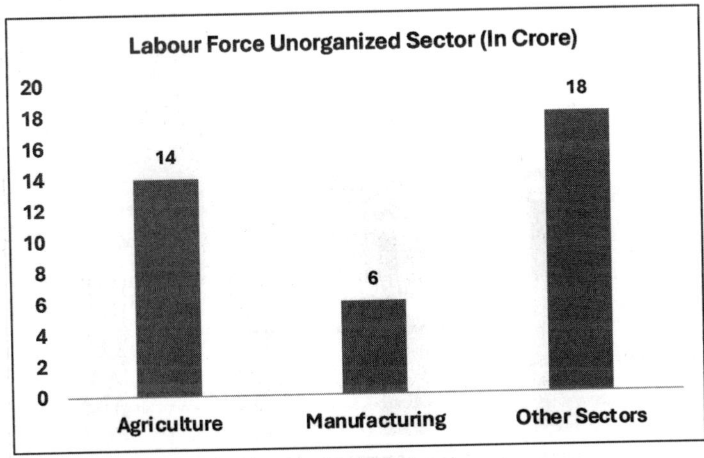

Fig 3.4 Labour Force in Unorganized Sector
Source: World Bank Data Sheet
https://data.worldbank.org/indicator/SL.TLF.TOTL.IN?locations=IN

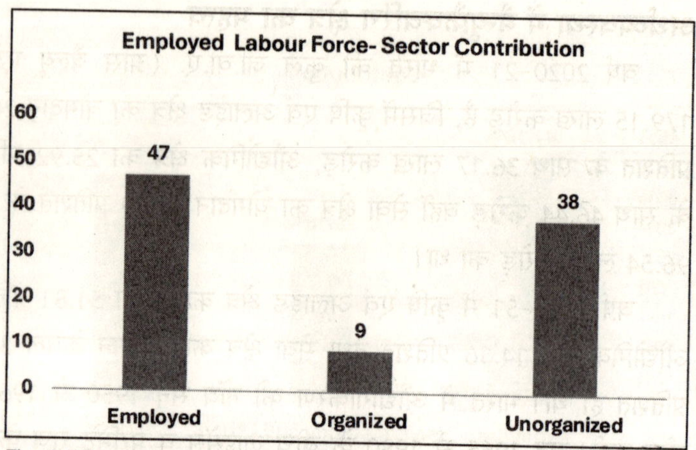

Fig- 3.5 Employed Labour Force- Sector Contribution
Source: World Bank Data Sheet
https://data.worldbank.org/indicator/SL.TLF.TOTL.IN?locations=IN

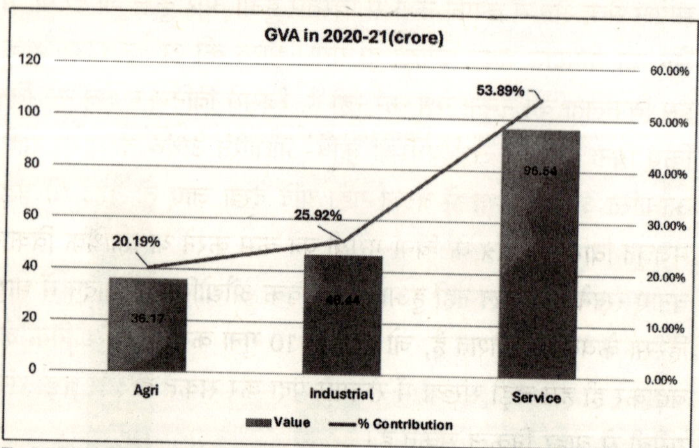

Fig- 3.6 GVA in different sector (2020-21)
Source: GDP of India: Sector wise contribution in Gross Domestic Product in 2020-21
https://www.jagranjosh.com/general-knowledge/gdp-of-india-sector-wise-contribution-1630060794-1

** जी.वी.ए. = जी.डी.पी. + सब्सिडी – उत्पादनों पर कर*

जी.डी.पी. = जी.वी.ए. + सरकार द्वारा अर्पितकर – सरकार द्वारा दी जाने वाली सब्सिडी

अर्थव्यवस्था में मैन्यूफ़ैक्चरिंग क्षेत्र का महत्व

वर्ष 2020-21 में भारत की कुल जी.वी.ए. (ग्रास वैल्यू एडेड) 179.15 लाख करोड़ है, जिसमें कृषि एवं अलाइड क्षेत्र का योगदान 20.19 प्रतिशत के साथ 36.17 लाख करोड़, औद्योगिक क्षेत्र का 25.92 प्रतिशत के साथ 46.44 करोड़ वहीं सेवा क्षेत्र का योगदान 53.89 प्रतिशत के साथ 96.54 लाख करोड़ का था।

वर्ष 1950-51 में कृषि एवं अलाइड क्षेत्र का हिस्सा 51.81 प्रतिशत, औद्योगिक क्षेत्र 14.16 प्रतिशत तथा सेवा क्षेत्र का योगदान केवल 33.25 प्रतिशत ही था। भारत में औद्योगीकरण की नींव सन् 1950 से 1960 के बीच पड़ी। सन् 1965 से 1980 के बीच लाइसेंस व परमिट राज के बाद उदारीकरण की प्रक्रिया 1990 के दशक से शुरू हुई, जिससे औद्योगिक उत्पादन का जी.डी.पी. में हिस्सा बढ़ता गया, औद्योगिकीकरण के विस्तार के सापेक्ष सेवा क्षेत्र में काफी तेजी से विस्तार हुआ और कुल जी.डी.पी. में सेवा क्षेत्र का योगदान सबसे ज्यादा हो गया। भारत की अर्थव्यवस्था बाजार की इस विफलता का नमूना पेश कर रही है, जिसमें विनिर्माण क्षेत्र को विकसित किए बिना देश की अर्थव्यवस्था कृषि-आधारित अर्थव्यवस्था से सीधे सेवा आधारित अर्थव्यवस्था में बदल गई। यदि देखा जाए तो कोई भी बड़ा देश मजबूत विनिर्माण क्षेत्र के बिना गरीबी को कम करने या आर्थिक विकास को बनाए रखने में सफल नहीं हुआ है। वैश्विक औद्योगिक उत्पादन में भारत का हिस्सा केवल 2 प्रतिशत है, जो चीन से 10 गुना कम है। औद्योगिक क्षेत्र को बढ़ाकर ही हम बड़ी संख्या में रोजगार पैदा कर सकते हैं और बड़ी संख्या में गरीबी से बाहर निकल सकते हैं।

राष्ट्रपति श्री रामनाथ कोविंदजी ने संसद् के दोनों सदनों की संयुक्त बैठक को संबोधित करते हुए कहा कि सरकार नई औद्योगिक नीति की घोषणा जल्द ही करेगी। इसके पहले दो बार सन् 1956 व 1991 में औद्योगिक नीति बनाई गई थी, यह तीसरी औद्योगिक नीति होगी। महामहिम राष्ट्रपतिजी ने कहा कि देश में कंपनियों के कारोबार हेतु अनुकूल माहौल बनाने के लिए सरकार

राज्यों के साथ मिलकर कार्य करेगी और प्रक्रियाओं को सुगम किया जाएगा। उन्होंने ने बताया कि भारत ने 65 स्थानों की छलाँग लगाई है। 2014 में भारत कारोबार सुगमता रैंकिंग में 142वें स्थान पर था, जबकि पिछले साल 77 वें स्थान पर आ गया। उन्होंने कहा कि लक्ष्य 50वें स्थान पर पहुँचने का है। इसके लिए नियमों में सरलीकरण किया जाएगा तथा कंपनी कानूनों में भी जरूरी संशोधन किया जाएगा। उन्होंने यह भी कहा कि सन् 2024 तक हमारा लक्ष्य 50 हजार स्टार्टअप स्थापित करने का है।

औद्योगिक विकास की अवधारणा में प्राकृतिक संसाधनों को संशोधित कर अधिक उपयोगी मूल्यवान वस्तुओं में बदलना मैन्युफैक्चरिंग कहलाता है। औद्योगिक दृष्टि से अविकसित देश अपने प्राकृतिक संसाधनों का निर्यात करते हैं तथा विनिर्मित वस्तुओं का अधिक मूल्य चुकाकर आयात करते हैं, इसलिए आर्थिक रूप से वे पिछड़े होते हैं।

कच्चे माल के आधार पर उद्योग निम्न प्रकार के होते हैं—

1. कृषि आधारित उद्योग, जिन्हें कच्चा माल कृषि उत्पाद से प्राप्त होता है, जैसे—सूती वस्त्र उद्योग, वनस्पति उद्योग, फ्लोर मिलें, दाल मिलें, चावल मिलें, फूड इंडस्ट्री, चीनी मिले इत्यादि।
2. खनिज आधारित उद्योग, जिन्हें कच्चा माल खनिजों से प्राप्त होता है, जैसे—आयरन एवं इस्पात उद्योग, सीमेंट उद्योग, ईंट उद्योग, एल्युमिनियम उद्योग, काँच उद्योग एवं अन्य रासायनिक उद्योग।
3. वन-आधारित उद्योग, जिन्हें कच्चा माल वनों से प्राप्त होता है, जैसे—कागज उद्योग, बीड़ी व तंबाखू उद्योग, प्लाईवुड उद्योग, फर्नीचर उद्योग इत्यादि।

इसके अतिरिक्त सेवा क्षेत्र में चिकित्सा शिक्षा, बैंकिंग, इंश्योरेंस, दूरसंचार, पर्यटन व होटल आदि आते हैं।

निर्माण क्षेत्र में आवास, रोड, पुल, व्यावसायिक भवन इत्यादि शामिल हैं।

किसी भी क्षेत्र के तेजी से विकास में उद्योग का सबसे बड़ा योगदान

होता है, जिस क्षेत्र में जितने ज्यादा उद्योग लगते हैं, वहाँ उतनी ही तेजी से बेरोजगारी खत्म होती है, लोगों की क्रयशक्ति में इजाफा होता है, नागरिकों की जीवन-शैली व रहन-सहन में समृद्धि आती है एवं राष्ट्रीय आय में भी वृद्धि होती है। ग्रामीण इलाकों के नजदीक यदि कृषि आधारित उद्योग लगाए जाएँ तो कृषि क्षेत्र का भी तेजी से विकास होगा। यदि फूड प्रोसेसिंग यूनिट लगती है तो किसान केवल धान व गेहूँ की फसल की जगह नगदी फसलों का भी उत्पादन करेंगे तथा इससे मुख्य रूप से सब्जी, दलहन एवं तिलहन का उत्पादन बढ़ेगा। वर्तमान परिवेश में ग्रामीण इलाकों के नवयुवक शहरों में जाकर अच्छी शिक्षा ग्रहण कर रहे हैं, जिन बड़े किसानों के बच्चे पूँजी निवेश कर सकते हैं, ऐसे नवयुवकों का चयन कर उन्हें कृषि-आधारित उद्योगों की पूरी जानकारी और ट्रेनिंग देकर अपने क्षेत्र में उद्योग लगाने के लिए प्रेरित किया जाए तो निश्चित रूप से ग्रामीण इलाकों का विकास होगा। उन इलाकों में रोजगार के अवसर बढ़ेंगे, जिससे छोटे किसानो व खेतिहर मजदूरों को भी अपने ही क्षेत्र में रोजगार प्राप्त होंगे। कृषि पर निर्भर रहने वाले युवाओं की स्थिति यह है कि सही दिशा के अभाव में वे या तो बेरोजगार हैं या सरकारी नौकरी की तलाश में भटकते रहते हैं, क्योंकि कृषि केवल मौसमी कार्य है, यह भी देखा जा रहा है कि बेरोजगार पढ़े-लिखे नवयुवक पंचायती राज-व्यवस्था के तहत केवल गाँवों व कस्बों की राजनीति में पड़े रहते हैं और सरकारी पैसों के बंदरबाँट में लगे रहते हैं। पंचायतीराज के चुनाव में इसलिए जबरदस्त हिंसा होती है और लाखों नवयुवक दिशा भटक जाते हैं। यदि गाँव के नजदीक उद्योग लगेंगे तो युवाओं को नौकरी के लिए बाहर नहीं जाना पड़ेगा और गाँव में भी शहरीकरण का प्रभाव पड़ेगा।

भारत की 'मेक इन इंडिया' नीति तभी सफल होगी, जब हम विनिर्माण क्षेत्र में ज्यादा निवेश बढ़ाएँ तथा उसे प्रोत्साहन दें। निश्चित रूप से विनिर्माण क्षेत्र के बढ़ने का सीधा लाभ कृषि क्षेत्र को भी होगा। अत: निर्यात क्षमता व विनिर्माण क्षेत्र में वृद्धि करना औद्योगिक नीति का मूल दर्शन होना चाहिए।

कृषि क्षेत्र में लगे सरप्लस श्रम को निकालकर विनिर्माण क्षेत्र में लगाना

होगा। 2.67 ट्रिलियन यू.एस. डॉलर की अर्थव्यवस्था को यदि 5 ट्रिलियन बनाना है तो विनिर्माण में कम-से-कम 40 प्रतिशत यानी 170 लाख करोड़ तथा कृषि क्षेत्र का योगदान 20 प्रतिशत, यानी 85 लाख करोड़ करना होगा। कृषि क्षेत्र के विकास के लिए आधुनिकतम तरीकों से प्रति हेक्टेयर उत्पादकता बढ़ानी होगी और विनिर्माण क्षेत्र को आगे बढ़ाने के लिए एम.एस.एम.ई. क्षेत्र बढ़ाने की व्यापक योजना बनानी होगी।

2020-21 के 2.67 ट्रिलियन अर्थव्यवस्था,
यानी 195 लाख करोड़ में हमारी स्थिति

	2020-21 (लाख करोड़)	प्रतिशत
कृषि ऐंड एलाइड	39.37	20.19
उद्योग	50.54	25.92
सेवा क्षेत्र	105.08	53.89

प्रस्तावित 5 ट्रिलियन अर्थव्यवस्था,
यानी 425 लाख करोड़ में स्थिति

	2026-27 (लाख करोड़)	प्रतिशत
कृषि ऐंड एलाइड	85	20
उद्योग	170	40
सेवा क्षेत्र	170	40

एम.एस.एम.ई. सेक्टर को निम्न प्रकार परिभाषित किया जाता है

	निवेश	टर्न ओवर
सूक्ष्म	1 करोड़	5 करोड़
लघु	10 करोड़	50 करोड़
मध्यम	50 करोड़	250 करोड़

उक्त सेक्टर का जी.डी.पी. में योगदान 29 प्रतिशत है और 11 करोड़ लोगों को इसमें रोजगार मिला हुआ है।

कृषि-सुधार एवं गरीबी-उन्मूलन जैसे कदमों से किसानों तथा मजदूरों की आय में जब इजाफा होगा तो उपभोक्ता माँग बढ़ेगी तो वे भी कपड़ा, इलेक्ट्रॉनिक, साइकिल, मोटर साइकिल, फर्नीचर इत्यादि खरीदने के लिए प्रेरित होंगे, जिससे एम.एस.एम.ई. सेक्टर को बढ़ाकर माँग के हिसाब से आपूर्ति को बनाए रखा जा सकेगा। उक्त उद्योगों में ब्लू-कालर मजदूरों की माँग बढ़ेगी।

यानी यह स्पष्ट है कि मैन्यूफैक्चरिंग सेक्टर को तभी बढ़ाया जा सकता है, जब माँग बढ़ाई जाए और माँग बढ़ाने के लिए हमें किसानों, मजदूरों, छोटे-छोटे व्यापारियों तथा अन्य नागरिकों की क्रय-शक्ति में इजाफा करना होगा। मैं समझता हूँ कि जब माँग बढ़ेगी तो बहुत से लोग उद्योग लगाने के लिए प्रेरित होंगे और उद्योगों में निवेश करेंगे, साथ-ही-साथ लाखों रुग्ण इकाइयाँ भी सफलतापूर्वक काम कर सकेंगी।

निर्माण उद्योग

इसी प्रकार निर्माण क्षेत्र को प्रोत्साहन देने से हाउसिंग की कमी दूर होगी, साथ-ही-साथ स्टील, सीमेंट, ईंट, टाइल्स, इलेक्ट्रिकल सामान आदि की माँगों में इजाफा होगा, जिससे संबंधित उद्योगों का विकास होगा एवं अति गरीब लोगों को, विशेष कर मनरेगा मजदूरों को उक्त क्षेत्र में भरपूर काम दिया जा सकता है।

सर्विस सेक्टर

इसी प्रकार सर्विस सेक्टर में हॉस्पिटल, होटल, विद्यालय, पर्यटन, दूर संचार तथा आई.टी. सेक्टर को बढ़ावा देकर लाखों पढ़े-लिखे युवाओं को रोजगार दिया जा सकता है। इन क्षेत्रों के विकास से एम.एस.एम.ई. सेक्टर के उत्पादनों की माँग बढ़ेगी।

असंगठित क्षेत्र की चिंता

एशिया के अन्य देशों में विनिर्माण क्षेत्र में आए परिवर्तनों के मद्देनजर भारत के विनिर्माण क्षेत्र की स्थिति चिंता पैदा करने वाली है। सन् 2000 से 2018 के बीच बांग्लादेश का ग्लोबल कपड़े के एक्सपोर्ट का शेयर 2.6 प्रतिशत से 6.4 प्रतिशत, वियतनाम का 0.9 प्रतिशत से 6.2 प्रतिशत हो गया, वहीं भारत का 3 प्रतिशत से 3.5 प्रतिशत ही रहा, क्योंकि श्रमोन्मुखी उद्योग को उचित बढ़ावा नहीं दिया। 70 प्रतिशत विनिर्माण क्षेत्र में नौकरियाँ असंगठित क्षेत्र में होती हैं, जिसमें सन् 2016 के विमुद्रीकरण तथा सन् 2017 के जी.एस.टी. के बाद काफी नुकसान हुआ, जिसका फायदा संगठित क्षेत्र को हुआ। वास्तव में हम भारतीय असंगठित क्षेत्र की अर्थव्यवस्था की प्रकृति को नहीं समझ पा रहे हैं। असंगठित क्षेत्र में कार्य कर रहे उद्योगों को निम्न कारणों से प्रतिस्पर्धा में पीछे रहना पड़ रहा है—

1. कम उत्पादकता—मशीनीकरण में कमी तथा पुरानी घिसी-पिटी प्रक्रियाओं के कारण।

2. दक्षता की कमी—कम पूँजी व इंफ्रास्ट्रक्चर के अभाव में ट्रेनिंग व कम वेतन देने के कारण दक्ष मजदूरों की अनुपलब्धता।

3. अपर्याप्त आपूर्ति शृंखला—ब्रांडेड माल न होने के कारण बाजार की ताकतों पर निर्भर रहना पड़ता है।

भारतीय अर्थव्यवस्था में बड़े उद्योगों की स्थिति

आयरन एवं स्टील उद्योग—यह उद्योग ज्यादातर पब्लिक सेक्टर में है और लगभग 2.5 लाख मजदूर इस उद्योग में कार्यरत हैं। भारत दुनिया के 10 बड़े स्टील उत्पादक देशों में शामिल होने के बावजूद बड़ी मात्रा में स्टील का आयात करते हैं।

टेक्सटाइल उद्योग (कॉटन व सिंथेटिक)—इस उद्योग में बड़ी आधुनिक मशीनयुक्त मिल तथा हथकरघा भी है, साथ-ही-साथ बड़ी संख्या में पॉवरलूम भी हैं। यह उद्योग सबसे बड़ा उद्योग है। कुल औद्योगिक उत्पादन

का 20 प्रतिशत इसका योगदान है। लगभग 2 करोड़ लोग इसमें कार्यरत हैं और कुल निर्यात का 33 प्रतिशत इसका हिस्सा है।

जूट उद्योग—भारत विश्व के कुल जूट उत्पादन का 30 प्रतिशत उत्पादन करता है और 2.5 लाख लोगों को रोजगार प्रदान करता है। लगभग 40 लाख परिवार जूट उत्पादन से अपनी जीविका चलाते हैं। कुछ वर्षों से जूट के निर्यात में भी काफी वृद्धि हुई है।

चीनी उद्योग—भारत दुनिया के सबसे बड़े चीनी उत्पादक देशों में शामिल है। इससे लगभग 45 लाख किसान अपनी जीविका चलाते हैं और 3.25 लाख लोग सीधे इस उद्योग में लगे हैं। भारत में लगभग 500 चीनी मिलें हैं।

सीमेंट उद्योग—इस उद्योग में 2 लाख लोग कार्यरत हैं। इस उद्योग में भी भारत दुनिया के शीर्ष देशों में शामिल है। सीमेंट का उत्पादन 329 मिलियन मी. टन है। भारत में लगातार बढ़ रहे बुनियादी ढाँचे, यानी रोड, हाउसिंग, अन्य इंफ्रास्ट्रक्चर आदि से सीमेंट की लगातार माँग बढ़ेगी।

कागज उद्योग—पल्प व पेपर उद्योग दुनिया के सबसे बड़े उद्योगों में शामिल है। इस पर नॉर्थ अमरीका, नॉर्दन यूरोप और पूर्व एशिया का प्रभुत्व है। विश्व का कुल उत्पादन 390 मिलियन मी. टन है, भारत लगभग 20.8 मिलियन मी. टन पेपर का उत्पादन करता है।

ऑटोमोबाइल उद्योग—उदारीकरण के बाद से भारत में ऑटोमोबाइल उद्योग में भारी वृद्धि हुई है। एफ.डी.आई. के माध्यम से इस उद्योग में सन् 2000 से 2020 तक 25.40 बिलियन डॉलर का निवेश हुआ। मिडिल क्लास की आय बढ़ने के साथ-साथ इस उद्योग में भविष्य की बड़ी संभावनाएँ हैं तथा 2021 में यात्री वाहन 27.11 लाख, टू व्हीलर 151.19 लाख, व्यावसायिक वाहन 5.69 लाख, थ्री व्हीलर 2.16 लाख यूनिट बने।

आई.टी. इंडस्ट्री—यह उद्योग भारत में तेजी से पनप रहा है। अमरीका यूरोप की बहुत सी फर्में भारत से सॉफ्टवेयर व सर्विस के लिए आउटसोर्स कर रही हैं। भारत के जी.डी.पी. में 1998 के 1.2 प्रतिशत के सापेक्ष 2017 में

इसका हिस्सा बढ़कर 7.7 प्रतिशत हो गया। इस सेक्टर ने 2019 में लगभग 180 बिलियन अमरीकी डॉलर का रेवेन्यू उन्पन्न किया, जिसमें निर्यात लगभग 99 बिलियन डॉलर का रहा। इस उद्योग में लगभग 44 लाख लोगों को रोजगार प्राप्त होता है।

इसके अतिरिक्त बैंकिंग और बीमा उद्योग भी महत्त्वपूर्ण भूमिका अदा कर रहे हैं।

उद्योग व व्यापार की चुनौतियाँ

आजादी के बाद इस देश में उद्योग लगाने के लिए लाइसेंस दिए जाते रहे हैं, जिससे उद्योगों को बढ़ने की प्रक्रिया काफी सीमित तथा जटिल थी। लेकिन नब्बे के दशक से लाइसेंस राज की समाप्ति होने के बाद तेजी से उद्योगों का विकास हुआ, औद्योगिक उत्पादन आसानी से उपलब्ध होने लगे, रोजगार बढ़े, लेकिन इंस्पेक्टर राज समाप्त नहीं हुआ।

आज उद्यमी व व्यापारी दर्जनों अव्यावहारिक कानूनों व नियमों की विसंगतियों तथा दुरूह नियमों के जाल में फँसा छटपटा रहा है। सैकड़ों विभागों के जाँच व उत्पीड़न के चलते वह लगातार परेशान हो रहा है। कभी इस विभाग की, कभी उस विभाग की नोटिस व जाँच के कारण वह मानसिक रूप से बीमार व निराश हो रहा है। उसके कार्य करने की क्षमता प्रभावित हो रही है। इससे उसकी उद्यमशीलता का ह्रास हो रहा है, जो समय उसे व्यापार तथा उद्योग के विकास में लगाना चाहिए, वह समय वर्तमान कानूनों द्वारा सृजित इंस्पेक्टर राज की खाना-पूर्ति में व्यर्थ हो रहा है।

आखिर उद्यमी और व्यापारी को वह वातावरण मिलना ही चाहिए, जहाँ उसे कार्य करने की स्वतंत्रता हो। कर वसूलने के नाम पर उसका दोहन व शोषण उचित नहीं है। इसलिए जरूरी यह है कि सबसे पहले इंस्पेक्टर राज को समाप्त किया जाए, जिससे उद्यमी व्यर्थ के कागजी व सरकारी नियमों की खानापूर्ति में समय बरबाद न कर राष्ट्र के निर्माण में वक्त लगा सके और ज्यादा-से-ज्यादा रोजगार के अवसर पैदा कर सके।

आखिर जो भी व्यक्ति उद्यम लगाता है या व्यापार करता है, उसके पीछे उसका मूल उद्देश्य परिवार का भरण-पोषण होता है। इसके साथ-ही-साथ वह तमाम लोगों के लिए रोजगार के साधन उत्पन्न कर राष्ट्र व समाज की सेवा करता है एवं राष्ट्र की जी.डी.पी. में वृद्धि करता है। उद्यम लगाने या व्यापार करने के लिए सरकार के एक विभाग में उसे अपना नाम, पता तथा व्यापार के बारे में सूचना देनी चाहिए। विभिन्न विभागों में रजिस्टेशन व अनुमति लेने की आवश्यकता कदापि नहीं होनी चाहिए। हर विभाग को, विभिन्न प्रकार के लेखा-जोखा दिखाने की प्रवृत्ति उद्योग तथा व्यापार के विकास में बाधक है तथा भ्रष्टाचार की वृद्धि में सहायक है।

कर राजस्व सृजन हेतु प्रोत्साहन नहीं

उद्योग तथा व्यापार से जो आय हो, उस पर कर लगाया जाए यह तो उचित है, मगर उद्योग लगाने या व्यापार करने के लिए उसे बाध्य किया जाए, कि जनता से कर वसूलकर वह विभागों में जमा करे तथा अपना लेखा-जोखा सरकारी अफसरों को दिखाकर यह प्रमाणित करे कि उसने जनता से ईमानदारी से कर वसूला है तथा जमा किया है, यह निश्चित रूप से अनुचित है तथा बलपूर्वक बेगारी कराने के समान है।

यदि आप किसी से कोई कार्य कराते हैं तो उसे कार्य के एवज में पारिश्रमिक देते हैं। राष्ट्रपति, प्रधानमंत्री, सांसद, विधायक सभी अपने द्वारा की जा रही सेवा के एवज में शुल्क लेते हैं। लेकिन केवल उद्यमी या व्यापारी से व्यापार करने के लिए उसे मजबूर किया जाता है कि वह बगैर सेवा शुल्क लिए सरकार के लिए कर वसूले। साथ-ही-साथ कर वसूलने तथा खाताबही बनाने, अधिकारियों को दिखाने, वकीलों को फीस का भुगतान करने, चार्टर्ड एकाउंटेंट से ऑडिट कराने आदि की सारी जिम्मेदारी व खर्च स्वयं वहन करे। आखिरकार यह शोषण व उत्पीड़न नहीं है तो फिर है क्या?

मेरा यह मानना है कि सरकार यदि उद्यमी व व्यापारी से कर वसूलने का कार्य कराती है। तो उसे सेवा के एवज में उसका कुछ भाग उक्त व्यापारी को

देना चाहिए। इससे कर वसूलने में उसकी रुचि होगी तथा कर की चोरी रुकने से राज्य का लाभ भी बढ़ेगा।

जी.एस.टी. का प्रभाव

आज के समय में व्यापारी द्वारा जनता से कर वसूलने का सबसे बड़ा माध्यम गुड्स ऐंड सर्विस टैक्स है। जी.एस.टी. वसूलने, उसे जमा करने, खाता-बही बनाने आदि की सारी जिम्मेदारी व्यापारी वर्ग की है। इसके अलावा ट्रेडर्स जब उद्योग से सामान खरीदता है तो उसे उसी वक्त जी.एस.टी. का भुगतान अपने पास से करना होता है। उक्त भुगतान की गई राशि को वह इनपुट टैक्स क्रेडिट के खाते में जमा करता है तथा वस्तु की बिक्री के समय उपभोक्ता द्वारा जब जी.एस.टी. प्राप्त होता है, तब उस रकम को इनपुट टैक्स क्रेडिट से एडजस्ट करके बाकी के टैक्स का वह भुगतान करता है। इस प्रक्रिया के तहत वस्तु के खरीद व बिक्री के बीच के समय की सारी रकम ट्रेडर्स की लगती है, यानी वह एडवांस रूप में सरकार को कर देता है, जिससे उसकी लागत बढ़ती है। उक्त रकम का इंतजाम करने उस पर ब्याज की अदायगी करने की सारी जिम्मेदारी उसकी होती है। अतः यह जरूरी है कि व्यापारी द्वारा कुल वसूले गए कर पर उसे 5 प्रतिशत कमीशन के तौर पर दिया जाना चाहिए। जी.एस.टी. के नियम सरल बनाए जाने चाहिए। आपराधिक कानूनों की तरह व्यापारियों पर मुकदमा दर्ज करने की व्यवस्था कदापि नहीं होनी चाहिए। इससे व्यापारी का मनोबल टूटता है तथा उसकी ज्यादा-से-ज्यादा व्यापार बढ़ाने की प्रवृत्ति पर अंकुश लगता है। जी.एस.टी. अधिकारियों को बहुत ज्यादा ताकत देने से भ्रष्टाचार व उत्पीड़न को भी बढ़ावा मिलता है।

कम टर्नओवर वाले छोटे व्यापारी को अकाउंटेंट आदि पर खर्च करने में असुविधा होती है और ज्यादा टर्नओवर वाले व्यापारी को अधिकारी गिद्ध की तरह नोंचने व परेशान करने में लगे रहते हैं। Ease of doing Business की सबसे बड़ी बाधा वर्तमान कर प्रणाली ही है।

प्रतिस्पर्धात्मक कर नीति की जरूरत

आयकर नियमों को प्रतिस्पर्धात्मक बनाया जाना चाहिए, जिससे ज्यादा से ज्यादा आयकर अदा करने वाले नागरिकों को प्रोत्साहन मिले। अभी तक ऐसा होता है कि ज्यादा आयकर देने वालों पर और ज्यादा सरचार्ज लगा दिया जाता है, जिससे वे हतोत्साहित होते हैं। होना यह चाहिए कि ज्यादा आयकर देने वाले व्यक्तियों, फर्मों या कंपनियों को एक निश्चित सीमा के बाद आयकर अदा करने पर करों में विशेष छूट दी जानी चाहिए। व्यक्तिगत आयकर के मामले में 10 लाख से 20 लाख तक, 21 लाख से 50 लाख तक तथा 51 लाख से 1 करोड़ रुपए तक आय पर कर देने की अवस्था में विभिन्न स्लैब पर कर में छूट देनी चाहिए, इसी प्रकार फर्म व कंपनियों को भी 1 करोड़ तथा इससे ऊपर की आय घोषित करने पर विशेष छूट देकर प्रोत्साहित किया जाना चाहिए। सरकार द्वारा ज्यादा कर अदा करने वाले नागरिकों को प्रीविलेज कार्ड दिए जाने चाहिए, जिनमें रेलवे, हवाई जहाज, थानों, अन्य सरकारी विभागों में उन्हें विशेष नागरिक सुविधा प्राप्त हो सके। इससे उनको ज्यादा कर अदा करने के लिए प्रोत्साहन मिलेगा। जहाँ तक हो सके, विभाग द्वारा ज्यादा कर अदा करने वाले नागरिकों का असेसमेंट भी नहीं किया जाना चाहिए।

नियोक्ता पर ज्यादा बोझ

उद्यमी या व्यापारी एक तरफ तो रोजगार पैदा करता है, करोड़ों लोगों को नौकरियाँ देता है, फिर उसे बाध्य किया जाता है कि तमाम श्रम कानूनों की वह खानापूर्ति करता रहे। कर्मचारियों का भविष्य निधि, ई.एस.आई. काटना, उसमें अपनी भागीदारी मिलाकर जमा करना, उसका रिकॉर्ड रखना, उसकी ऑडिट कराना नियोक्ता की जिम्मेदारी बनाई गई है। आखिर क्यों इन चीजों में उसका समय व धन बरबाद किया जा रहा है। इस देश का प्रत्येक नागरिक स्वतंत्र है, अपने परिवार को देखने, उसकी योजना बनाने का उत्तरदायित्व उसका है। यह तो सही है कि नियोक्ता को सरकार द्वारा निर्देशित श्रम मूल्य कर्मचारी को

देना अनिवार्य होना चाहिए, वहीं यह भी सही है कि उसने यदि सेवा का मूल्य भुगतान कर दिया है तो बाकी उसकी जिम्मेदारी नहीं होनी चाहिए।

निजी व्यवसाय में कर्मचारी की गलती या लापरवाही के लिए नियोक्ता को जिम्मेदार माना जाता है, वहीं दूसरी ओर सरकारी विभाग में यदि कर्मचारी दोषी पाया जाता है तो उसके लिए केवल उसे ही दंडित किया जाता है। यह दोहरा मापदंड है। अतः कर्मचारी की गलती के लिए नियोक्ता को दंडित नहीं किया जाना चाहिए। श्रम कानूनों में काफी बदलाव की आवश्यकता है। श्रम नियमों में न्यूनतम मजदूरी का कड़ाई से पालन किया जाना चाहिए, वहीं श्रमिकों के लिए भी उत्पादकता तथा कार्य करने के लिए कड़े मापदंड बनाए जाने चाहिए। सही तरीके से, अनुशासित रूप से कार्य नहीं करने की दशा में नियोक्ता द्वारा उसे कार्यमुक्त करने के नियम सरल होने चाहिए।

श्रम प्रधान उद्योगों को बढ़ावा देना

मैं समझता हूँ कि ज्यादा-से-ज्यादा रोजगार के अवसर पैदा करने वाले उद्योगों व उद्यमियों को प्रोत्साहित किया जाना चाहिए। औद्योगिक इकाइयों में पूँजी निवेश की तुलना में मजदूरों की औसत के अनुसार उद्योगों को विशेष प्रोत्साहित किया जाना चाहिए। उदाहरण के तौर पर यदि एक कंपनी 1 करोड़ के पूँजी निवेश पर 100 मजदूरों को रोजगार प्रदान करती है और दूसरी कंपनी 100 करोड़ के पूँजी निवेश पर 100 लोगों को रोजगार प्रदान करती है तो पहली कंपनी अधिक रोजगार पैदा करने वाली कंपनी मानी जाएगी। ज्यादा रोजगार पैदा करने वाली कंपनी को कर में छूट अथवा मजदूरों को दिए गए कुल पारिश्रमिक के कुछ भाग को सरकार द्वारा वहन कर प्रोत्साहित किया जा सकता है।

प्रौद्योगिकी आयात को बढ़ावा देना

विदेश से तकनीक लेकर अथवा देश में तकनीक विकसित कर वस्तुओं का निर्माण करने वाले उद्योगों को प्रोत्साहित किया जाना चाहिए। बनी बनाई वस्तुएँ आयात कर केवल असेंबली करने वाले उद्योगों को धीरे-धीरे

हतोत्साहित किया जाना चाहिए। अंतरराष्ट्रीय कंपनियों को असेंबल्ड सामान तभी आयात की अनुमति होनी चाहिए, जबकि वह भारत में अन्य सामान निर्माण कर आयात के अनुपात में ज्यादा निर्यात करें।

रिटेल क्षेत्र में विदेशी निवेश को हतोत्साहित करना

खुदरा बाजार में विदेशी निवेश हतोत्साहित किया जाना चाहिए। ऐसा केवल उसी स्थिति में संभव होना चाहिए, जबकि खुदरा समान 80 प्रतिशत स्वदेशी हो तथा केवल 20 प्रतिशत विदेश से आयात किया जाए। इसके अतिरिक्त कुल बिक्री का 30 प्रतिशत खुदरा सामान विदेशों में निर्यात किया जाना अनिवार्य होना चाहिए।

औद्योगिक प्रदूषण नीति

विश्वभर में बढ़ते हुए प्रदूषण ने विकराल रूप ले लिया है। भू-गर्भ में पानी दूषित होता जा रहा है, नदियाँ मैली और विषैली हो रही हैं, जिससे जीवन पर खतरा बढ़ता चला जा रहा है। हमें उद्योगों से निकलने वाले कचरे, रासायनिक पदार्थों को रोकने के लिए युद्ध स्तर पर कार्य करना होगा। एक तरफ यह भी जरूरी है कि ज्यादा-से-ज्यादा उद्योग लगें, वहीं यह भी आवश्यक है कि उद्योगों से प्रदूषण न बढ़ने पावे। प्रदूषण रोकने के लिए प्रदूषण विभाग द्वारा केवल उद्योगों को बंद कराने, उन्हें दंडित करने, उन पर सेस लगाने आदि से समस्या का समाधान नहीं हो सकता। इसके लिए आवश्यक है कि सरकार उद्योगों से निकले गंदे पानी तथा अन्य रासायनिक पदार्थों के ट्रीटमेंट के लिए देश अथवा विदेश से आधुनिकतम तकनीक का प्रबंध कर उद्योगों को सही मार्ग दिखाए, संबंधित उपकरण उपलब्ध कराए तथा इन्हें लगाने के लिए उद्योगों को विशेष आर्थिक सहयोग दें।

ज्यादा प्रदूषण पैदा करने वाले उद्योगों के लिए विशेष नोटीफाइड क्षेत्र बनाए जाएँ, जो जनजीवन से दूर हों। इन्हें रेड जोन में बनाया जाए तथा प्रदूषण खत्म करने के लिए उक्त जोन में सरकार द्वारा एकीकृत प्लांट लगाया जाए।

औद्योगिक विकास उत्तर प्रदेश राज्य के परिप्रेक्ष्य में (संभावनाएँ, चुनौतियाँ एवं समाधान)

उत्तर प्रदेश में 18 मंडल, 75 जिले एवं 821 विकास खंड हैं। राज्य की जनसंख्या लगभग 24 करोड़ है, जो देश की आबादी का 17.77 प्रतिशत है 2020-21 के अनुसार राज्य की जी.एस.डी.पी. 17.91 लाख करोड़ है, जो भारत की कुल जी.डी.पी. का 10 प्रतिशत है। उत्तर प्रदेश राष्ट्रीय विनिर्माण उत्पादन में केवल 8.0 प्रतिशत का योगदान करता है। प्रदेश की सकल आय में उद्योगों का हिस्सा 15 प्रतिशत से घटकर 9.0 प्रतिशत रह गया, पिछले 25 वर्षों में प्रदेश में औद्योगिक विकास के लिए अपनाए गए तरीके विफल रहे हैं। प्रदेश में लगभग 23 लाख गैर-पंजीकृत इकाइयाँ हैं, जो 37 हजार करोड़ का उत्पादन करती हैं और करीब 52 लाख लोग इनमें काम करते हैं। इन इकाइयों का प्रदेश की औद्योगिक आय में 49 फीसदी योगदान है।

भारत की प्रति व्यक्ति आय रुपए 11500.00 मासिक के सापेक्ष उत्तर प्रदेश की प्रति व्यक्ति आय केवल रुपए 6215.00 मासिक है। जनसंख्या की दृष्टि से उत्तर प्रदेश से भी छोटे राज्य महाराष्ट्र की जी.एस.डी.पी. 32.42 लाख करोड़, तमिलनाडु की 20.92 लाख करोड़ और कर्नाटक की 18.85 लाख करोड़ है। वर्ष 2012-2017 के बीच प्रदेश के औद्योगिक विकास के लिए बड़े औद्योगिक घरानों को आकर्षित करने के जो प्रयास किए गए, उनमें कोई खास सफलता नहीं मिली। इस अवधि में 21524 करोड़ रुपए के निवेश के सहमति-पत्रों (एम.ओ.यू.) पर हस्ताक्षर हुए, जो पूरे देश में स्वीकृत समझौतों का 2.1 प्रतिशत था। इस दौरान वास्तविक निवेश 8800 करोड़ का ही हुआ, जो प्रतिवर्ष केवल 1500 करोड़ था।

औद्योगिक दृष्टि से संभावनाएँ

1. प्रदेश में दूध का उत्पादन 3 करोड़ टन से ज्यादा है, जो राष्ट्रीय उत्पादन का 16.5 प्रतिशत है।
2. प्रदेश में गन्ने का उत्पादन राष्ट्रीय उत्पादन का 38 प्रतिशत, यानी

लगभग 135 मिलियन मी. टन है।

3. प्रदेश में अलग-अलग जिलों में कंप्यूटर हार्डवेयर, पीतल के काम, हैंड प्रिंटिंग, कालीन, दरी, कॉटन यार्न, ब्लैक पोटरी, ज्वेलरी, सिल्क ड्रेस, केमिकल्स, स्टोन प्रोडक्ट्स, हैंडी क्राफ्ट्स, काँच के सामान तथा चमड़े के सामान, इत्र, खेलकूद के सामान के केंद्र हैं, जो एम.एस.एम.ई. सेक्टर के अंतर्गत कार्य कर रहे हैं।
4. प्रदेश में 129 औद्योगिक क्षेत्र तथा 89 औद्योगिक पार्क हैं, जिसमें 38000 एकड़ जमीन का उपयोग किया गया है।
5. कृषि आधारित उद्योगों के लिए गेहूँ, चावल, दलहन, आलू, आम, तिलहन, आदि का प्रचुर मात्रा में उत्पादन होता है। 170 किस्म की मछलियों का भी उत्पादन होता है।
6. प्रदेश में खनिज-संपदा का भंडार भरा पड़ा है। कोयला, डोलोमाइट, सल्फर, डायस्पोर, लाइम स्टोन, मैग्नेसाइट, पायरोफिहिलाइट, सिलिका सैंड काफी मात्रा में उपलब्ध हैं।
7. प्रदेश एक बड़ा पर्यटन का केंद्र है। आगरा, मथुरा, वाराणसी, प्रयागराज, अयोध्या, चित्रकूट, विंध्य क्षेत्र पर्यटकों के आकर्षण के केंद्र हैं। सन् 2019 में घरेलू पर्यटक 53.58 करोड़ तथा विदेशी पर्यटक 47 लाख का प्रदेश में आगमन हुआ।
8. प्रदेश में 48 राष्ट्रीय सड़कों से जुड़ने के कारण अच्छा संपर्क है। 6 एयरपोर्ट हैं। उद्योगों के लिए अच्छा ढाँचा विकसित कर लिया गया है। सन् 2019 में नोएडा में अंतरराष्ट्रीय जेवर एयरपोर्ट विकसित करने के लिए प्रस्तावित किया जा चुका है।
9. अक्तूबर 2019 से दिसंबर 2020 तक में एफ.डी.आई. इक्विटी में 560.74 मिलियन यू.एस. डॉलर का निवेश हुआ है।
10. सन् 2019 में 147 निवेश के प्रस्ताव आए हैं, जिसमें 16700 करोड़ रुपए का निवेश होना था।
11. सन् 2020 में रक्षा एक्सपो आयोजित की गई, जिसमें 5 लाख

करोड़ के निवेश के प्रस्ताव आए। ये प्रस्ताव आई.टी., डेयरी, टूरिज्म, विनिर्माण, एग्रो, फूड प्रोसेसिंग इत्यादि से संबंधित थे।

12. सन् 2020 तक प्रदेश में 21 नोटीफाइड, 13 ऑपरेशनल सेज और 24 औपचारिक रूप से पास किए हुए सेज थे।
13. सन् 2020 में नई इलेक्ट्रॉनिक नीति की घोषणा की गई, जिसमें प्रदेश को एक बड़े इलेक्ट्रॉनिक हब के रूप में विकसित करने का प्रयास था तथा 5 वर्षों में 40 हजार करोड़ रुपए निवेश आकर्षित करने की योजना बनाई गई।
14. प्रदेश में 'एक जिला एक उद्योग' नीति की घोषणा की गई, जिसके तहत 10000 स्टार्टअप बनाकर सबसे बड़े तीन राज्यों में अपना स्थान बनाने की योजना है।
15. प्रधानमंत्री आवास योजना के तहत 2016-17 से 2019-20 तक में 14.26 लाख आवास बनाए गए।
16. सन् 2017 में औद्योगिक निवेश एवं व्यापार प्रोत्साहन नीति की घोषणा की गई, जिसमें उद्योग लगाने के लिए रियायतों की घोषणा की गई। यह प्रदेश सरकार की औद्योगिक विकास के लिए इच्छाशक्ति को भी प्रदर्शित करता है।
17. प्रदेश में एम.एस.एम.ई. सेक्टर में कृषि-आधारित उद्योग, दूध पर आधारित उद्योग, फ्लाई ऐश से ईंट बनाने के कारखाने, टाइल्स, बरतन, पॉटरी, फर्नीचर, टेक्सटाइल, स्पोर्ट्स गुड्स, चमड़े के सामान, आई.टी. उद्योग, इलेक्ट्रॉनिक्स, इलेक्ट्रिकल्स इत्यादि की बहुत बड़ी संभावनाएँ हैं।
18. भारी उद्योग में स्टील, ऊर्जा, सीमेंट, खनिजों पर आधारित उद्योग, टेक्सटाइल उद्योग, ग्लास, ऑटोमोबाइल इत्यादि की विशेष संभावनाएँ हैं।
19. प्रदेश में प्रचुर मात्रा में श्रमशक्ति उपलब्ध है।
20. 24 करोड़ आबादी वाला प्रदेश स्वयं बहुत बड़ा उपभोक्ता बाजार

है, जिसमें प्रदेश में निर्मित वस्तुओं की पर्याप्त मात्रा में प्रदेश में ही खपत हो सकती है।

चुनौतियाँ

उत्तर प्रदेश औद्योगिक दृष्टि से कृषि उत्पादन के लिए काफी संभावनाओं वाला प्रदेश है। अच्छी जलवायु, प्रमुख नदियाँ, कृषि की दृष्टि से उपयुक्त भूमि, पहाड़, खनिज-संपदा होने के बावजूद यह प्रदेश काफी पिछड़ा है। यहाँ के नवयुवक दूसरे राज्य में जाकर मेहनत-मजदूरी कर रहे हैं। इसके 8 सबसे बड़े कारण हैं—

1. 70 वर्षों तक यहाँ के राजनीतिज्ञों में इच्छाशक्ति का आभाव रहा है। यहाँ के नीति-निर्माताओं की प्राथमिकता सर्वांगीण विकास की कभी रही ही नहीं।
2. प्रदेश की नौकरशाही ने कभी भी उद्योग के विकास पर ध्यान केंद्रित नहीं किया। सरकारी तंत्र द्वारा उद्यमकर्ता को हमेशा हतोत्साहित किया गया। जितना भी हो सका, उसके काम में बाधा डालने का प्रयास किया गया।
3. प्रदेश में कानून व्यवस्था का बुरा हाल होने के कारण उद्योगों के लिए अनुकूल वातावरण नहीं बन सका, जिससे निवेशक यहाँ उद्योग लगाने से हिचकते रहे।
4. प्रदेश के उद्योग विभाग के अधिकारियों द्वारा भी अच्छे व्यापारियों तथा पढ़े-लिखे नवयुवकों को विभिन्न उद्योगों के बारे में जानकारियाँ देने तथा उद्योग लगाने के लिए उन्हें प्रेरित करने का कोई प्रयास नहीं किया गया।
5. बिक्री कर विभाग, श्रम विभाग, प्रदूषण विभाग, फूड सप्लाई विभाग, आवश्यक वस्तु अधिनियम इत्यादि के अधिकारियों ने भी उद्यमियों को परेशान किया, जिसके कारण नए लोग उद्यम लगाने से डरते रहे।

6. लघु एवं मध्यम उद्योग के लिए बैंकों द्वारा कार्यशील पूँजी सही मात्रा में उपलब्ध कराने में दिक्कत पैदा की, जिससे पूँजी के अभाव में बहुत से उद्यम बंद हो गए। इस कारण से बैंकों में प्रदेश के नागरिकों द्वारा कुल जमा के अनुपात में बहुत कम ऋण दिए गए। प्रदेश के लोगों द्वारा जमा-पूँजी दूसरे प्रदेशों में ऋण के रूप में बाँटी गई।
7. पर्याप्त स्किल का विकास न किए जाने के कारण लघु और मध्यम श्रेणी के उद्योगों में दक्ष मजदूरों की कमी रही।
8. पूँजी की कमी के कारण लघु व मध्यम उद्योगों में ज्यादातर सस्ती व कम आधुनिक मशीनों का उपयोग किया जाता रहा।

समाधान

सन् 2026-27 तक 5 ट्रिलियन यू.एस. डॉलर यानी 425 लाख करोड़ रुपए की अर्थव्यवस्था बनाने, राष्ट्रीय औसत के बराबर अपनी जी.एस. डी.पी. और प्रति व्यक्ति आय पहुँचाने के लिए प्रदेश की अर्थव्यवस्था को 85 लाख करोड़ तक लाना होगा। इसके लिए हमें औद्योगिक उत्पादन कम-से-कम 30 लाख करोड़ और कृषि उत्पादन 20 लाख करोड़ तक करना होगा। निश्चित रूप से यह काम काफी कठिन है, मगर असंभव नहीं है। इसके लिए एक बड़े संकल्प की जरूरत है।

कृषि और उद्योग दोनों का उत्पादन बढ़ाने के लिए हमें कृषि-आधारित उद्योगों को प्राथमिकता देनी होगी। उद्योग विभाग तथा कृषि विभाग के अधिकारियों को मिलाकर प्रदेश में उच्च स्तर पर एक टास्क फोर्स बनाई जाए, जो केवल कृषि पर आधारित उद्योगों के विकास के लिए जिम्मेदार हो। बैंकों के माध्यम से ग्रामीण इलाकों के बड़े किसानों को, जो उद्योग में निवेश करने की क्षमता रखते हों तथा शहर के अच्छे व्यापारियों को छाँटकर व्यक्तिगत रूप से उनसे संपर्क कर प्रत्येक ब्लॉक में कृषि प्रसंस्करण उद्योग लगाने के लिए उन्हें आकर्षित किया जाए तथा निवेश के लिए उन्हें तैयार

किया जाए। इसके लिए जल्द-से-जल्द विस्तृत कार्य योजना बनानी होगी। पहले विभाग द्वारा हर प्रकार के कृषि-आधारित उद्योगों के लिए नवीनतम प्रोजेक्ट रिपोर्ट तैयार कराई जाए, फिर प्रत्येक ब्लॉक में होने वाले कृषि उत्पादन को दृष्टिगत रख उस पर आधारित उद्योगों के लिए आमंत्रण लिये जाएँ। प्रत्येक ब्लॉक में कम-से-कम 25 ऐसे उद्योग लगाने का अभियान शुरू किया जाए। इससे लगभग 20 हजार लघु व मध्यम इकाइयाँ विकसित की जा सकेंगी, जिसमें सीधे तौर पर 10 लाख नवयुवकों को और परोक्ष रूप से 20 लाख नवयुवकों के लिए रोजगार के रास्ते खुलेंगे, लगभग 2 लाख करोड़ का निवेश होगा तथा 8 से 10 लाख करोड़ का उत्पादन होगा, साथ-ही-साथ कृषिक्षेत्र का भी तेजी से विकास होगा।

व्यापार के लिए स्वच्छ माहौल का नारा केवल विदेशी निवेश को आकर्षित करने के लिए नहीं होना चाहिए। देश का एम.एस.एम.ई. सेक्टर जो जी.डी.पी. का 29 प्रतिशत है, उस पर विशेष ध्यान देने की जरूरत है। घोषणाएँ होती हैं, लेकिन उसका लाभ इस क्षेत्र को नहीं मिल पा रहा है, क्योंकि घोषणाएँ अलग-अलग प्रकार के उद्योगों की समस्याओं को समझते हुए नहीं की जातीं। इस सेक्टर के उद्यमियों से औद्योगिक विभाग द्वारा उनकी परेशानियों को समझने व निदान करने का प्रयास किया जाना चाहिए। जितना ही सूक्ष्म, लघु तथा मध्यम उद्योगों को बढ़ावा दिया जाएगा, उतना ही ज्यादा रोजगार के अवसर पैदा किए जा सकेंगे।

आज जिला स्तर पर उद्योग विभाग उद्योग विकसित करने में अपेक्षाकृत सफल नहीं हो पा रहे हैं। नए उद्यमियों की खोज, सरकारी योजनाओं की जानकारी, कच्चे माल तथा इंफ्रास्ट्रक्चर के बारे में नागरिकों को जानकारी का अभाव है। उद्योग विभाग द्वारा जिलों में ज्यादा-से-ज्यादा उद्योग विकसित करने, विशेषकर ग्रामीण क्षेत्रों में खाद्य प्रसंस्करण उद्योग तथा ज्यादा-से-ज्यादा रोजगार पैदा करने वाली इकाइयों को विकसित करने पर वहाँ नियुक्त अधिकारियों को प्रोत्साहित किया जाना चाहिए।

इसी प्रकार खनिज व वन-आधारित उद्योगों, इलेक्ट्रॉनिक्स व आई.टी.

से संबंधित उद्योगों के लिए विशेष कार्य योजना तैयार कर व्यापार में लगे सफल व्यापारियों को आवश्यक ट्रेनिंग एवं सरकार की आकर्षक योजनाओं की जानकारी देकर उन्हें प्रेरित किया जा सकता है।

बड़े उद्योगों के लिए एक अलग टास्क फोर्स बनाने की आवश्यकता है। जो केवल भारी उद्योग लगाने का ही प्रयास करें, यानी 100 से 1000 करोड़ या उससे ज्यादा के निवेश के लिए उद्योग। इसके लिए प्रदेश में लग सकने वाले, कच्चे माल की उपलब्धता के अनुसार 75 उद्योगों का चयन किया जाए तथा किस जिले में कौन-सा उद्योग लग सकता है, उसके हिसाब से प्रत्येक जिले में एक बड़ा उद्योग लगाने की योजना बनाई जाए। प्रत्येक जिले में लगाए जाने वाले उद्योग का चयन कर हर जिले के लिए 2 जिम्मेदार अधिकारियों की टीम बनाई जाए, जो प्रदेश के बड़े व्यापारियों अथवा अन्य प्रदेश में काम कर रहे उद्योग समूहों से बातचीत कर उन्हें आमंत्रित करें तथा उद्योग लगने तक उक्त उद्यमी की पूरी सहायता करें। प्रदेश में इंफ्रास्ट्रक्चर के विकास के लिए हाउसिंग एवं होटल के लिए आकर्षक योजना लाई जाए, जिससे प्रदेश में अन्य औद्योगिक उत्पादनों के लिए बाजार मिल सके।

वैसे तो प्रदेश में उद्योग नीति 2022 में घोषित हो चुकी है, लेकिन मैं समझता हूँ कि इससे बहुत ज्यादा उद्योगों का आकर्षण नहीं हुआ है। इसका सबसे बड़ा कारण उद्योगों में निवेश करने की क्षमता वालों को सरकारी नीतियों की जानकारी का अभाव है, जिससे उद्योग विभाग नए उद्यमियों को आकर्षित करने में असफल रहा है। इसलिए जरूरी है कि उद्योगों के लिए नए तरीके से सरल नीति बनाई जाए तथा समाचार-पत्रों के माध्यम से इसका भरपूर प्रचार किया जाए। प्रदेश में उद्योग लगाने हेतु निम्न प्रकार सीधे-सीधे आकर्षक योजनाओं की घोषणा की जाए तथा हाईवे के किनारे-किनारे औद्योगिक गलियारे बनाए जाएँ।

1. निवेशक द्वारा किसी भी क्षेत्र में स्वयं खरीदी गई भूमि पर स्टांप शुल्क पूरी तरह माफ कर दिया जाए, लेकिन शर्त यह हो कि वह

भूमि जिस उद्यम के प्रयोजनार्थ खरीदी गई हो, उसे लगाने की प्रक्रिया 1 वर्ष के भीतर शुरू कर दी जाए।

2. सरकार द्वारा बनाए गए औद्योगिक गलियारे या औद्योगिक पार्क में आवंटित भूमि 10 वर्षों के किश्त पर दी जाए तथा हर वर्ष समय से किश्त अदा करने पर ब्याज माफ कर दिया जाए। 10 वर्षों के पश्चात् बगैर कोई अतिरिक्त चार्ज लिए भूमि को फ्री होल्ड कर दिया जाए।
3. उद्योग विभाग में पंजीकरण करवाने के पश्चात् सभी विभागों, जैसे अग्निशमन, श्रम, पर्यावरण, खाद्य विभाग, जिला पंचायत तथा जी.एस.टी. विभाग व अन्य लाइसेंस के अनापत्ति की स्वीकृति मान ली जाए।
4. आवश्यक विद्युत् कनेक्शन भी उद्योग विभाग द्वारा स्वीकृत कर दिया जाए, इसके लिए उद्यमी को विद्युत् विभाग के अभियंताओं के भ्रष्टाचार का शिकार न होना पड़े।
5. सभी उद्योगों के लिए 5 वर्ष तक कुल जी.एस.टी. कलेक्शन का 100 प्रतिशत स्थायी पूँजी निवेश के बराबर सब्सिडी के रूप में दिया जाए, यानी स्थायी पूँजी निवेश के बराबर जी.एस.टी. उद्यमी को जमा नहीं करना पड़ेगा।
6. उद्यम लगने के 5 वर्ष तक स्थायी पूँजी निवेश के लिए ऋण के ब्याज की 5 प्रतिशत भरपाई सरकार द्वारा सीधे बैंकों को की जाए।
7. श्रमिकों को न्यूनतम मजदूरी देना अनिवार्य होना चाहिए, मगर श्रम विभाग द्वारा अन्य कोई जाँच व परेशानियों का, उद्यमियों को सामना न करना पड़े।
8. प्रदूषण रोकने हेतु ई.टी.पी. (सीवेज ट्रीटमेंट प्लांट) प्लांट पर लगने वाले खर्च का 75 प्रतिशत सरकार द्वारा वहन किया जाए।
9. 10 से अधिक श्रमिकों को रोजगार दिए जाने पर ई.पी.एफ. में नियोक्ता के अंश का 50 प्रतिशत सरकार वहन करे।

10. पुराने उद्योगों में नई आधुनिक मशीनों के नवीनीकरण के लिए लगी पूँजी के बराबर जी.एस.टी. कलेक्शन का 100 प्रतिशत सब्सिडी के रूप में दिया जाए, ताकि वे उच्च तकनीकी के साथ बेहतर गुणवत्ता का उत्पादन कर सकें तथा क्षमता विस्तार कर सकें।

□

कर नीति

कर नीति

“जिस प्रकार प्रकृति नदी का जल सोखती है तो पता नहीं चलता, परंतु जब बारिस बनकर पानी देती है तो लगता है प्रकृति ने बहुत कुछ दे दिया, इसी प्रकार राज्य को अपने नागरिकों से इस प्रकार कर वसूलना चाहिए, जिससे उन्हें उसका एहसास भी न हो और राज्य जब विकास कार्य कराए तो लगे राज्य ने बहुत कुछ कर दिया।”

आज जरूरत इस बात की है कि संपूर्ण कर-प्रणाली पर पुनः विचार किया जाए। हमारी संपूर्ण कर-व्यवस्था दोषपूर्ण है। हमारी कर-व्यवस्था व्यक्ति को ज्यादा कार्य करने की प्रेरणा नहीं देती, बल्कि बेईमानी, घूसखोरी एवं करापवंचन को बढ़ावा देती है। रोज-रोज केंद्र व राज्य सरकारों द्वारा नए-नए कर कानूनों को बनाने से, जगह-जगह कर लगाने की प्रवृत्ति के चलते सारी प्रक्रिया जटिल हो गई है। देश के अलग-अलग हिस्सों में विभिन्न करों की दरों में एकरूपता का अभाव सही नहीं है।

कोई भी सरकार बनाई जाती है, समाज की सही व समुचित व्यवस्था के लिए। एक ओर जहाँ सरकार का काम है कि वह ज्यादा-से-ज्यादा साधन जुटाकर विकास कार्यों को आगे बढ़ावे, वहीं दूसरी ओर उसका कर्तव्य है कि वह ऐसी वित्तीय व्यवस्था करे, ऐसे नियम बनावे, जिसमें समाज का प्रत्येक

नागरिक नैतिक व चारित्रिक रूप से, बौद्धिक व शारीरिक रूप से शक्तिशाली होकर राष्ट्र का निर्माण कर सके। जो कर–नीति नैतिक मूल्यों की उपेक्षा करती है, वह कर–नीति गलत है।

अर्थशास्त्र का सिद्धांत है कि जिस प्रकार प्रकृति नदी का जल सोखती है तो पता नहीं चलता, परंतु जब बारिश बनकर पानी देती है तो लगता है कि प्रकृति ने बहुत कुछ दे दिया, उसी प्रकार राज्य को भी अपने नागरिकों से इस प्रकार कर वसूलना चाहिए, जिससे उन्हें उसका अहसास भी न हो और जब विकास कार्य हो तो लगे कि राज्य ने जनता को बहुत–कुछ दे दिया।

आज जनता पर तमाम तरीके के कर लगते आ रहे हैं। आयकर, गुड्स एवं सर्विस टैक्स, कृषिसेस, एजुकेशनलसेस, रोड टैक्स, पेट्रोल पर सेस, मंडी शुल्क, गृहकर, जलकर, टोल टैक्स आदि करों का बोझ जनता को चुभने वाला लगता है। साथ ही कर वसूली में जबरदस्त उत्पीड़न व भ्रष्टाचार विद्यमान है। इतने वर्षों तक जनता टैक्स देती रही है, मगर एवज में उसे सरकारी सुविधाएँ नगण्य मिल पा रही हैं। कर वसूली तथा उसके बाद करों के खर्च में भ्रष्टाचार व घोटालों से सरकारों ने जनता का विश्वास खो दिया है। आखिरकार सरकार एक ट्रस्टी की भाँति काम करती है। और उसी ट्रस्ट पर जनता अपने गाढ़े खून–पसीने की कमाई करों के रूप में सरकार को देती है, लेकिन जब वह देखती है कि उसके द्वारा दिए गए धन का बंदरबाँट हो रहा है, नेता और अफसर अरबपति हो रहे हैं और सामाजिक न्याय के नाम पर गरीबों को झुनझुना पकड़ा दिया जा रहा है, भारी लूट मची हुई है जनता के धन की, सांसदों व विधायकों को विकास कार्य के लिए आवंटित धन का भी दुरुपयोग हो रहा है। मिड डे मील में घोटाला, स्वास्थ्य सेवाओं में घोटाला, शिक्षा में घोटाला, सरकारी इमारतों व सड़क निर्माण में घोटाला, इन हजारों घोटालों से सरकारों ने जनता का विश्वास खो दिया है। अतः जरूरत इस बात की है कि इन तमाम करों को समाप्त कर दिया जाए। अब प्रश्न उठता है कि फिर सरकार चलेगी कैसे? कैसे विकास कार्य होंगे? शिक्षा, स्वास्थ्य, कानून व्यवस्था, सड़क इत्यादि के लिए धन कहाँ से आएगा?

धन का प्रबंधन (समाधान)

मैं समझता हूँ कि सरकार को धन का प्रबंध करने के लिए इस प्रकार की व्यवस्था बनानी चाहिए, ताकि नागरिकों का उत्पीड़न न हो तथा पर्याप्त धन भी उपलब्ध हो सके।

1. इस देश में, हर प्रांत में प्रकृति की अमूल्य निधि छिपी है। विशाल कोयले व खनिज का भंडार भरा है। जल, जमीन और जंगल—इन सब पर सरकार का अधिकार है। इनके सही तरीके द्वारा दोहन से भारी धन की प्राप्ति की जा सकती है। आज तमाम खनिज पदार्थों, पत्थरों, आयरन ओर्स, जंगलों, बालू आदि को आवंटित या नीलाम कर दिया जा रहा है, जिससे सरकार को कम-से-कम पैसा मिलता है तथा आवंटी भारी रकम पैदा कर रहे हैं। जिस प्रकार वर्षों पूर्व शराब के ठेकों के लिए नीलामी हुआ करती थी तथा सरकार को एक निश्चित रकम, जो काफी कम होती थी, प्राप्त होती थी। मगर शराब व्यापारी भारी मुनाफा कमा रहे थे। जब से नीलामी प्रथा बंद हुई, सरकार ने दुकानों को लाइसेंस देना शुरू किया, तब से सरकारी राजस्व में कई गुना मुनाफा बढ़ा। इसी प्रकार कोल इंडिया की तर्ज पर आयरन इंडिया, वुड इंडिया, मार्बल, ग्रेनाइट, अन्य पत्थर, बालू तथा तमाम खनिज पदार्थों के लिए विभिन्न कॉरपोरेट बनाए जाने चाहिए, जिनका प्रबंधन आई.आई.एम. जैसे योग्य मैनेजमेंट के लोगों से कराया जाना चाहिए तथा बोर्ड में भारत के प्रसिद्ध व्यावसायिक घरानों के लोगों को रखकर उनकी राय तथा सेवा ली जानी चाहिए। उक्त पदार्थों की बिक्री के लिए सीधे ग्राहकों तथा विक्रेताओं से ऑनलाइन बुकिंग तथा पेमेंट लिया जा सकता है तथा गंतव्य तक माल पहुँचाने की व्यवस्था की जा सकती है। मैं समझता हूँ कि सरकार को इससे भारी आय हो सकती है।

   उदाहरण के तौर पर भारत में प्रतिवर्ष लगभग 282 मिलियन टन लौह आयस्क का खनन होता है, जिसमें रॉयल्टी के तौर पर सरकार को बहुत कम रकम प्राप्त होती है और खदान आवंटी अरबों रुपए पैदा कर रहे

हैं। सरकार या तो लौह की खदानों का प्राइवेट पार्टियों को आवंटन बंद कर दे और कॉरपोरेट की तर्ज पर योग्य मैनेजमेंट के लोगों द्वारा संचालन कर स्वयं खदान चलावे और पूरा लाभ अर्जित करे। अथवा आज के आयरन ओर के मूल्य को देखते हुए लगभग 10000 रुपए प्रति टन के हिसाब से रॉयल्टी वसूल करे। आवंटी आयरन ओर के खदान व प्रोसेस पर होने वाले खर्च के बाद सरकार द्वारा निर्धारित मार्जिन को जोड़कर आयरन ओर की बिक्री करें। सरकार उक्त मद से लगभग ढाई लाख से तीन लाख करोड़ रुपए की आमदनी का लक्ष्य निर्धारित कर सकती है। इसी प्रकार लाल व सफेद बालू व गिट्टी के खनन में भी बहुत भ्रष्टाचार व्याप्त है। इनके 75 प्रतिशत खनन पर सरकार को कुछ भी प्राप्त नहीं होता, उसका धंधा अनधिकृत रूप से चलता है। बाकी 25 प्रतिशत पर सरकार को बहुत कम रॉयल्टी प्राप्त होती है। इनके भी खनन व बिक्री के लिए सरकार एक अलग कॉरपोरेट बना सकती है। और यदि यह संभव न हो सके तो अधिकतम धनराशि सरकार को रॉयल्टी के मद में लेनी चाहिए और आवंटी से उसकी लागत व खर्च के बाद निश्चित लाभ पर ही काम कराया जाना चाहिए। अवैध रूप से खनन रोकने के लिए सेटेलाइट के माध्यम से सिस्टम पर कंट्रोल किया जाना चाहिए। उक्त मद में भी सरकार को 3 से 4 लाख करोड़ की आय प्रतिवर्ष हो सकती है।

भारत में ताँबे का विशाल भंडार है। सबसे ज्यादा ताँबे का डिपॉजिट राजस्थान में है, उसके बाद झारखंड में और फिर मध्य प्रदेश में है। भारत में इतना जादा ताँबा है कि सौ वर्षों तक हम खनन करें तो भी कम नहीं होगा। सन 2019 तक भारत में ताँबे की खपत 5.26 लाख टन थी, जबकि चीन की खपत 100 लाख टन है। हमारी प्रति व्यक्ति खपत केवल 0.3 किग्रा. है, जबकि रूस की 3.3 किग्रा., चीन की 7.1 किग्रा., अमरीका की 5.7 किग्रा., इटली की 9 किग्रा. और जर्मनी की 13.7 किग्रा. है। विश्व की औसत खपत 10 किग्रा. प्रति व्यक्ति है। हमारी कुल उत्पादन क्षमता 10 लाख मीट्रिक टन है, जो कि हम पूरा उत्पादन

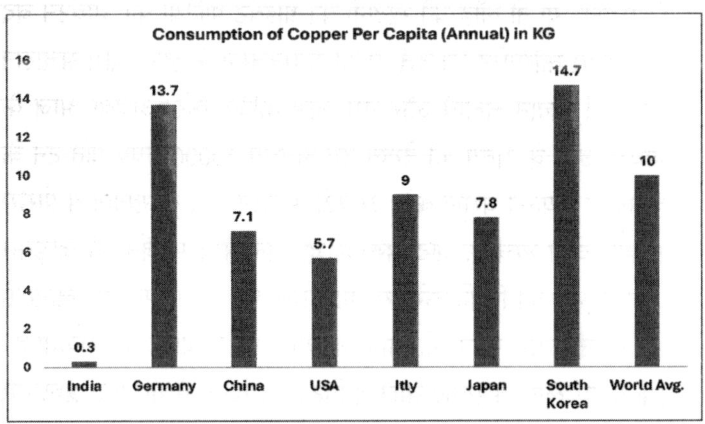

Fig. 4.1 Consumption of Copper Per Capita (Annual) in KG
Source; 4th International Education, Economics, Social Science, Arts, Sports and Management Engineering Conference (IEESASM 2016)

नहीं कर पाते। हमें अपनी खपत का 70 प्रतिशत आयात पर निर्भर रहना पड़ता है। हमें अपना घरेलू उत्पादन बढ़ाकर आयात कम करना होगा। विदेशी मुद्रा की भी बचत करनी पड़ेगी और भारी आमदनी का लक्ष्य भी निर्धारित करना होगा।

इसी प्रकार अन्य तमाम खनिज–पदार्थों जस्ता, मार्बल, ग्रेनाइट, मैग्नीशियम, कोयला, लाइम स्टोन, सिलिका सैंड, क्रोमाइट, नमक इत्यादि के माध्यम से 15 से 20 लाख करोड़ की आमदनी हो सकती है। जंगल की लकड़ी, बीड़ी के पत्ते, सुर्ती, की पैदावार का भी इसी प्रकार संचालन कर सरकार को अच्छी–खासी आमदनी हो सकती है।

2. भारत में फ्यूल की जरूरत सन् 2022–23 के मुताबिक लगभग 231 मिलियन टन थी। जो हर वर्ष लगभग 7 प्रतिशत की दर से बढ़ती है। मात्र डीजल का उपयोग लगभग 85.9 मिलियन टन तथा पेट्रोल का उपयोग 34.98 मिलियन टन का है। सरकार केवल पेट्रोलियम उत्पादानों से 15 लाख करोड़ रुपए की कमाई करने का लक्ष्य रख सकती है। यदि अन्य तमाम वस्तुओं पर टैक्स खत्म हो जाते हैं, तब केवल पेट्रोलियम उत्पादनों पर बढ़ी कीमत जनता को कदापि परेशान नहीं करेगी।

3. बैंक जो भी लोन देता है अथवा डिपॉजिट करता है, उस पर 1 प्रतिशत सालाना की दर से सरकार चार्ज के रूप में वसूल सकती है। उससे सरकार को अच्छी आमदनी हो सकती है तथा तमाम करों से मुक्ति होने के कारण जनता को कोई परेशानी नहीं होगी। आज के दिन सारे पब्लिक तथा प्राइवेट बैंकों का कुल डिपॉजिट लगभग 200 लाख करोड़ तथा कुल लोन लगभग 205 लाख करोड़ रुपए है, जिससे लगभग 4 लाख करोड़ रुपए की आमदनी हो सकती है।
4. शेयर की खरीद-बिक्री तथा उससे होने वाले व्यापार पर सरकार 1 प्रतिशत चार्ज वसूल कर सकती है।
5. शराब इत्यादि की बिक्री पर सरकार पूर्व की भाँति धन कमा सकती है।
6. स्टांप की बिक्री से सरकार को अच्छी आमदनी हो सकती है। मगर रजिस्ट्री आदि में होने वाले भ्रष्टाचार को रोकने के लिए व्यापक सुधार की आवश्यकता है। वर्तमान समय में जमीनों व मकान की खरीद व बिक्री में लगने वाले स्टांप की भारी दरों तथा मनमाने तरीकों से सर्कल रेट के नाम पर स्टांप वसूली से काफी उत्पीड़न व भ्रष्टाचार बढ़ा है तथा संपत्ति की कीमतों में भी बेतहाशा वृद्धि हुई है। इसी के साथ स्टांप मूल्य बचाने के लिए जमीनों की खरीद में भारी मात्रा में कालेधन का इस्तेमाल होता है। अतः स्टांप के नियमों में सरलीकरण की आवश्यकता है। इसके लिए मूल्य पर लगने वाले स्टांप की जगह पर शहरी इलाकों में प्रति स्क्वायर मीटर की दर से तथा खेती की जमीनों पर प्रति हेक्टेयर की दर से स्टांप शुल्क तय किया जाना चाहिए।
7. रेलवे, परिवहन, हवाई पट्टी तथा पॉवर प्लांट आदि विकसित करने के लिए सरकार को सरकारी खजाने से धन लगाने की आवश्यकता नहीं होनी चाहिए, ये सब विभाग कॉमर्शियल विभाग हैं। इन विभागों को अच्छे कॉरपोरेट की तरह काम करना चाहिए तथा अपनी आमदनी व विकास सुनिश्चित करना चाहिए।

□

स्वास्थ्य

स्वास्थ्य

"सरकार का कर्तव्य है कि देश के सभी नागरिकों को सामान्य रूप से सस्ती या मुफ्त चिकित्सा सेवा उपलब्ध कराए। तभी यह राष्ट्र कल्याणकारी राष्ट्र बन सकेगा।"

सरकार का यह कर्तव्य है कि देश के नागरिकों को अच्छी शिक्षा मिले। उनका स्वास्थ्य ठीक रहे। उन्हें अच्छे खान-पान की सुविधा हो। देश का बुनियादी ढाँचा सुदृढ़ हो। कानून व्यवस्था दुरुस्त हो। स्वच्छ पीने का पानी उपलब्ध हो तथा ऐसा वातावरण बने, जिसमें आम नागरिक स्वतंत्रतापूर्वक कार्य करते हुए, परिवार का भरण-पोषण करते हुए राष्ट्र की तरक्की कर सके।

स्वास्थ्य एवं चिकित्सा के क्षेत्र में काफी कार्य हुआ है। कुछ संक्रामक बीमारियों को जड़ से समाप्त किया गया है और औसत आयु में भी वृद्धि हुई है। मगर आज देश में चिकित्सा-व्यवस्था पूरी तरह चरमरा रही है। सरकारी चिकित्सा नगण्य है तथा भ्रष्टाचार की शिकार है। एम्स जैसे संस्थानों में काफी भीड़ है। वहाँ मरीजों को चिकित्सा के लिए काफी मसक्कत करनी पड़ती है।

प्राइवेट डॉक्टरों, नर्सिंग होम्स ने चिकित्सा को एक व्यवसाय बना दिया है। उनके द्वारा प्रदत्त चिकित्सा-सेवा भावना से न होकर केवल धन कमाने

का माध्यम बन गई है। मरीजों का शोषण हो रहा है। दवा कंपनियों ने चिकित्सकों के साथ मिलकर भारी लूट मचाई हुई है। विभिन्न जाँचों के नाम पर पैथोलॉजी सेंटर डॉक्टरों को घूस दे रहे हैं। सरकारी डॉक्टर्स सरकार से तनख्वाह लेते हैं और दूसरी ओर प्राइवेट प्रैक्टिस करते हैं। लाखों लोग महँगे इलाज के कारण दम तोड़ दे रहे हैं। मेडिकल की पढ़ाई में सरकारी अंकुश, लालफीताशाही तथा महँगी शिक्षा होने के कारण देश में प्रति व्यक्ति डॉक्टरों की संख्या नगण्य है।

भारत में स्वास्थ्य सेवाओं की स्थिति—एक दृष्टि

भारत की अर्थव्यवस्था दुनिया की सबसे तेजी से बढ़ने वाली अर्थव्यवस्था है। सन् 2027 तक भारतीय अर्थव्यवस्था 5 लाख करोड़ यू.एस. डॉलर करने का लक्ष्य रखा गया है। भारत वर्तमान में 3.7 ट्रिलियन डॉलर की अर्थव्यवस्था है, परंतु कुल जी.डी.पी. का 1.2–1.6 प्रतिशत ही स्वास्थ्य सेवाओं पर खर्च करता है। वैश्विक स्तर पर स्वास्थ्य सेवाओं पर खर्च 6 प्रतिशत माना गया है।

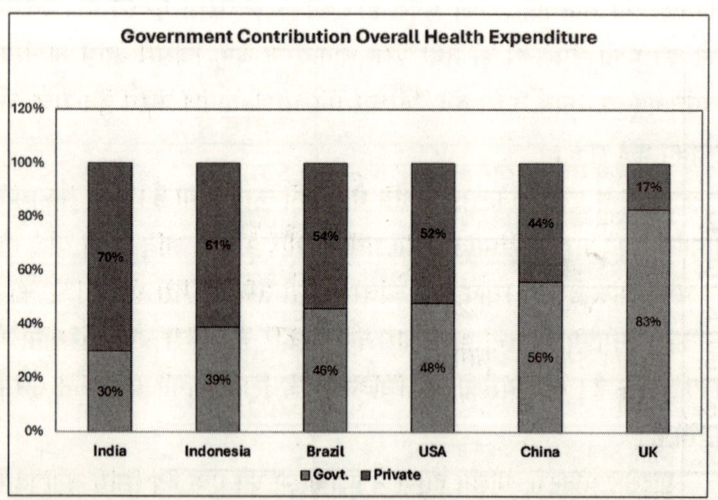

Fig-5.1 Government Contribution Overall Health Expenditure
Source: World Development Indicators: Health systems, World Bank, 2014; PRS.

पी.आर.एस. लेजिस्लेटिव रिसर्च के अनुसार निजी व सरकारी क्षेत्रों का स्वास्थ्य सेवाओं पर संयुक्त खर्च कुल जी.डी.पी. का 3.9 प्रतिशत है। इसमें सरकारी खर्च का हिस्सा 30 फीसदी है। ब्राजील अपनी स्वास्थ्य सेवाओं पर 46 फीसदी, चीन 56 फीसदी , इंडोनेशिया 39 फीसदी, अमरीका 48 फीसदी, ब्रिटेन 83 फीसदी खर्च करते हैं। भारत की बहुत बड़ी आबादी गरीबी रेखा के नीचे है और वह पूर्ण रूप से स्वास्थ्य सेवाओं के लिए सरकार पर निर्भर है। निजी क्षेत्र में खर्च सरकारी क्षेत्र से बहुत ज्यादा है।

कोरोना संक्रमण के कारण सन् 2021-22 में गत वर्ष के 94452 करोड़ के बजट के सापेक्ष 2.23 लाख करोड़ के बजट का प्रस्ताव रखा गया, जो पहले से 137 प्रतिशत ज्यादा दिखता है, जिसमें 64180 करोड़ प्रधानमंत्री आत्मनिर्भर स्वस्थ भारत योजना के तहत अगले 6 वर्षों में खर्च होना है तथा 35000 करोड़ कोविड वैक्सीनेशन के लिए निर्धारित किया गया है। इसके अतिरिक्त पीने का पानी तथा साफ-सफाई के लिए 60030 करोड़ रुपए भी इसी में सम्मिलित कर लिया गया है, जो वास्तव में स्वास्थ्य बजट का हिस्सा नहीं होना चाहिए। केंद्रीय स्वास्थ्य बजट वास्तव में जी.डी.पी. का 0.34 प्रतिशत ही है, जो पूर्व वर्ष के 0.31 प्रतिशत से कुछ ही ज्यादा है—

		2020-21 (करोड़ में)	**2021-22 (करोड़ में)**
1.	स्वास्थ्य एवं परिवार कल्याण विभाग	65012	71269
2.	स्वास्थ्य अनुसंधान विभाग	2100	2663
3.	आयुष मंत्रालय	2122	2970
4.	COVID टीकाकरण	0	35000
5.	पेयजल तथा स्वच्छता	21518	60030
6.	पोषण	3700	2700
7.	जल अनुदान और स्वच्छता	0	36022
8.	स्वास्थ्य अनुदान	0	31192
	कुल योग	94452	223846

यानी मुख्यतया हेल्थ ऐंड वेलफेयर पर केवल 9 प्रतिशत की वृद्धि की गई। वास्तव में यह 2020-21 के संशोधित आकलन 85089 से भी कम है। भारत में पब्लिक हेल्थ ऐंड हॉस्पिटल राज्य का विषय है।

ब्लूमबर्ग की ग्लोबल हेल्थ इंडेक्स की रिपोर्ट के अनुसार स्वास्थ्य सेवाओं की गुणवत्ता एवं उपलब्धता की वैश्विक रैंकिंग में 159 देशों में भारत का स्थान 120वाँ है, इससे बेहतर श्रीलंका 66वें पर, बांग्लादेश 91 पर, नेपाल 110 पर तथा पाकिस्तान का स्थान 124 है तथा सरकार के बजट की प्राथमिकता में स्वास्थ्य के लिए 189 देशों में भारत का स्थान 179 है।

भारत की सरकारी स्वास्थ्य सेवाओं की बुनियाद जिला अस्पतालों की स्थिति गंभीर है तो ऐसी स्थिति में प्राथमिक स्वास्थ्य केंद्र जो ग्रामीण इलाकों में हैं, उनकी स्थिति का अंदाजा लगाया जा सकता है। भारत में मध्यम व उच्च वर्ग के लोग सार्वजनिक स्वास्थ्य सेवाओं का उपयोग बहुत कम करते हैं, इसका मुख्य कारण सार्वजनिक क्षेत्र में देखभाल की खराब स्थति है। अधिकांश सार्वजनिक स्वास्थ्य सेवाएँ गाँवों में मुहैया कराई जाती हैं और खराब गुणवत्ता का कारण टूटी-फूटी इमारतें, बुनियादी ढाँचे की कमी तथा डॉक्टरों व अन्य सेवा प्रदाताओं के ग्रामीण क्षेत्र में जाने की अनिच्छा है। अधिकांशतः अनुभवहीन और अप्रेरित प्रशिक्षुओं पर ही ये सेवाएँ निर्भर करती हैं, जिन्हें सार्वजनिक स्वास्थ्य केंद्रों में समय बिताना अनिवार्य होता है।

State	No. of Public Facilities					Bed Available in Public Facilities
	Primary Health Center	Community Health Center	Sub District/ Divisional Hospital	District Hospital	Total	
Andamaan & Nicobaar	27	4	0	3	34	1246
Andhra Pradesh	1417	198	31	20	1666	60799
Arunanchal Pradesh	122	62	0	15	199	2320
Assam	1007	166	14	33	1220	19115
Bihar	2007	63	33	43	2146	17796
Chandigarh	40	2	1	4	47	3756
Chhattisgarh	813	166	12	32	1023	14354
Dadra & Nagar Haveli	9	2	1	1	13	568
Daman & Dieu	4	2	0	2	8	298
New Delhi	534	25	9	47	615	20572
Haryana	500	131	24	28	683	13841
Himanchal Pradesh	516	79	61	15	671	8706
Jammu & kashmir	702	87	0	29	818	11342
Jharkhand	343	179	13	23	558	7404
Karnataka	2547	207	147	42	2943	56333
Kerala	933	229	82	53	1297	39511
Lakshdweep	4	3	2	1	10	250

Madhya Pradesh	1420	324	72	51	1867	38140
Maharshtra	2638	430	101	70	3239	68998
Mizoram	87	17	1	9	114	2565
Nagaland	134	21	0	11	166	1944
Odisha	1360	377	27	35	1799	16497
Puducherry	40	4	5	4	53	4462
Punjab	521	146	47	28	742	13527
Rajasthan	2463	579	64	33	3139	51844
Sikkim	25	2	1	4	32	1145
Tamilnadu	1854	385	310	32	2581	72616
Telangana	788	82	47	15	932	17358
Tripura	114	22	12	9	157	4895
Uttar Pradesh	3277	671	0	174	4122	58310
Uttarakhand	275	69	19	20	383	6660
West Bengal	1374	406	70	55	1905	51163
Gujrat	1770	385	44	37	2236	41129
Goa	31	4	2	3	40	2666
Manipur	87	17	1	9	114	4585
Meghalay	138	29	0	13	180	2312
All India	29921	5575	1253	1003	37752	739027

गाँवों में कुल सरकारी अस्पताल 19810 तथा बेड 279588 हैं तथा शहरों में अस्पताल 3772 तथा बेड की संख्या 431173 है। आयुष अस्पताल कुल 3943 तथा बेड 55242 हैं। इसी प्रकार रक्षा विभाग द्वारा संचालित कुल अस्पताल 133 तथा बेड 34520 एवं रेलवे के अस्पताल 126, बेड 13748 हैं। ई.एस.आई. के अस्पताल 151 एवं बेड 19765 हैं।

भारत में डॉक्टरों की बेहद कमी है। 1000 लोगों पर मात्र 0.7 डॉक्टर ही उपलब्ध हैं, यानी 10000 लोगों पर 7 डॉक्टर ही उपलब्ध हैं। वहीं ऑस्ट्रेलिया में यह अनुपात 1000 पर 3.374, ब्राजील में 1.852, चीन में 1.49, फ्रांस में 3.227, और जर्मनी में 3.306 है।

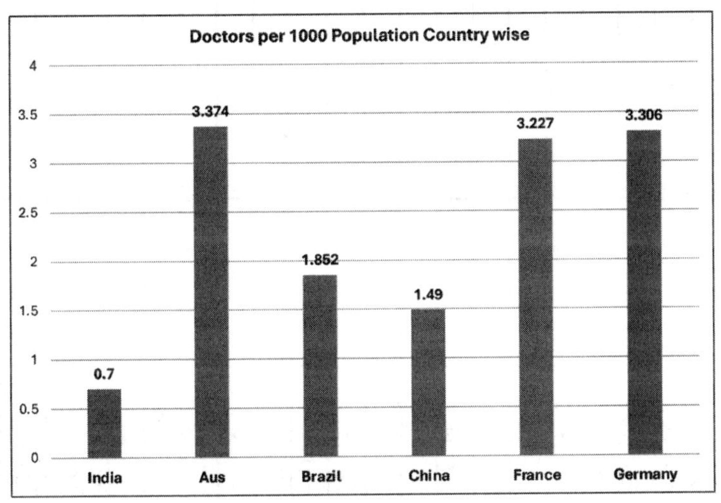

Fig- 5.2 Doctors per 1000 Population
Source: World Development Indicators: Health systems, World Bank, 2014; PRS.

देश में राज्यवार स्थितियाँ और ज्यादा गंभीर हैं—उत्तर प्रदेश में 3767 लोगों पर 1 डॉक्टर, छत्तीसगढ़ में 4338 पर 1, हरियाणा में 6037 पर 1, झारखंड में 8180 पर 1 एवं बिहार में 3207 पर 1 डॉक्टर की उपलब्धता है, किंतु तमिलनाडु में 253 पर 1, केरल व कर्नाटक में 500 पर 1 तथा दिल्ली में भी 334 पर 1 डॉक्टर उपलब्ध है।

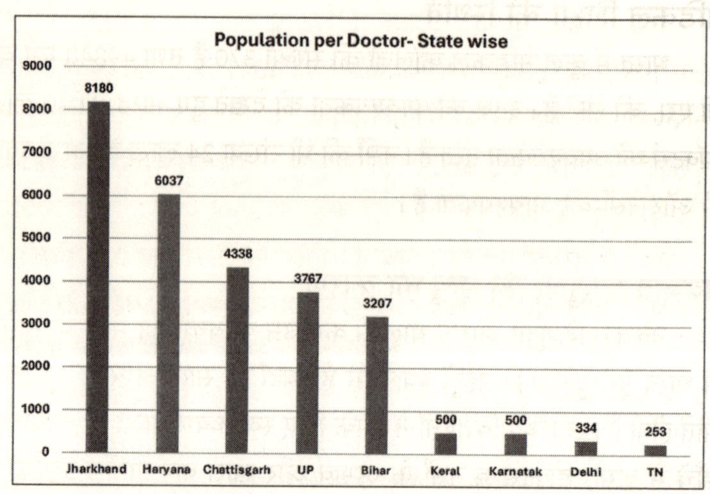

Fig- 5.3 Population per Doctor- State wise
Source: World Development Indicators: Health systems, World Bank, 2014; PRS.

आज देश के निजी क्षेत्र में 58 प्रतिशत अस्पताल, अस्पतालों में 29 प्रतिशत बेड तथा 81 प्रतिशत डॉक्टर्स शामिल हैं। भारतीयों ने 2010 में दुनिया में प्रति व्यक्ति सबसे अधिक एंटी बॉयोटिक दवाओं का सेवन किया है। यहाँ तमाम ऐसी एंटी बायोटिक दवाओं की बिक्री होती है, जो निषिद्ध हैं। कुछ दवाइयाँ ऐसी भी बिकती हैं, जिन्हें डॉक्टर्स के परचे के बिना नहीं बेचा जा सकता।

भारत में 14 लाख चिकित्सक हैं। राष्ट्रीय स्वास्थ्य सर्वेक्षण 2020 के अनुसार हमारे हेल्थ सिस्टम में 78 प्रतिशत चिकित्सकीय एवं पैरामेडिकल स्टॉफ की कमी है। देश में लगभग 2.5 लाख नर्सेज पढ़ाई कर अंतिम परिणाम के इंतजार में बैठी हैं। हमारा स्वास्थ्य तंत्र अफसरशाही की जड़ता के आगे दम तोड़ रहा है। भारतीय ग्रामीण स्वास्थ्य क्षेत्र में लगभग 23.70 लाख स्वास्थ कर्मियों की कमी है। ग्रामीण स्वास्थ्य केंद्रों, कम्युनिटी हेल्थ सेंटर, सब डिस्ट्रिक्ट हॉस्पिटल में भी डॉक्टर्स और पैरामेडिकल स्टॉफ की भारी कमी है।

मेडिकल शिक्षा की स्थिति

भारत में कुल मेडिकल कॉलेजों की संख्या 370 है तथा 49840 एम.बी.बी.एस. की सीटें हैं। आज की आवश्यकता को देखते हुए भारत को 10 लाख डॉक्टर्स की आवश्यकता तुरंत है। नर्सों की भी संख्या 24 लाख है। अभी इतनी ही और नर्सों की आवश्यकता है।

नवजात शिशुओं की मृत्यु का कारण

नवजात शिशुओं और 5 साल से कम उम्र के बच्चों की मौतों के मामले में भारत पूरी दुनिया में पहले स्थान पर है। यहाँ हर साल औसतन 11 लाख मौतें होती हैं। स्वास्थ्य विशेषज्ञों ने इसके लिए स्वास्थ्य सेवाओं के आधारभूत ढाँचे में कमी, डॉक्टर्स व नर्सों के अभाव और खास कर ग्रामीण इलाकों में जागरूकता की कमी को भी जिम्मेदार बताया है।

स्वास्थ बीमा

अप्रैल 2018 में सरकार ने आयुष्मान योजना की घोषणा की, जिसका उद्‌देश्य 10 करोड़ कमजोर परिवारों, यानी देश की आबादी के 40 प्रतिशत लोगों का 5 लाख रुपए का स्वास्थ बीमा मुहैया कराना है। इसपर 1.7 बिलियन डॉलर का खर्च आयेगा। 2020 के वित्तीय वर्ष में भारत में लगभग 50 करोड़ लोगों को स्वास्थ्य बीमा योजनाओं में जोड़ा गया था। कुल मिला कर भारत में स्वास्थ्य बीमा की पैठ 2018 में लगभग 35 प्रतिशत थी। कुल प्रीमियम 470 बिलियन रुपए था। भारत में कुल बीमा खर्च 2019 में 1.90 लाख करोड़ से बढ़कर 2024 में 2.9 लाख करोड़ हो जाएगा। कुल बीमा संग्रह 2020-21 में 198734 करोड़ का रहा, जिसका बहुत बड़ा हिस्सा भारत सरकार व राज्य सरकारों द्वारा दिया जाता है, बाकी नागरिकों द्वारा भुगतान किए जाने पर भी आयकर की धारा 80 के तहत स्वास्थ्य बीमा पर छूट एवं ई.एस.आई. द्वारा नियोक्ता द्वारा प्रीमियम दिए जाने पर खर्च में छूट दिए जाने से सरकार को उक्त प्रीमियम पर 25-30 प्रतिशत आय कर का नुकसान होता है।

चिकित्सा सुविधाओं में सुधार हेतु सुझाव

मैं समझता हूँ कि सरकार का कर्तव्य है कि देश के सभी नागरिकों को सामान्य रूप से काफी सस्ती अथवा मुफ्त चिकित्सा सेवा प्राप्त कराए। तभी यह राष्ट्र कल्याणकारी राष्ट्र बन सकेगा। इसके लिये हमें निम्न उपाय करने होंगे—

1. पाँच वर्षों के भीतर प्रत्येक जिले में 500/1000 बेड के सुपरस्पैशिलिटी अस्पताल का निर्माण कराया जाए। जहाँ पर हर प्रकार के ऑपरेशन तथा विभिन्न प्रकार के जाँचों की सुविधा हो, ताकि आम नागरिकों को सुलभ चिकित्सा मिल सके। उन्हें बड़े-बड़े शहरों में भागना न पड़े।
2. डॉक्टर्स व नर्सों की कमी को दूर करने के लिए प्रत्येक अस्पताल के साथ मेडिकल कॉलेज एवं नर्सिंग ट्रेनिंग सेंटर स्थापित किए जाएँ।
3. उक्त अस्पतालों में उच्च कोटि की चिकित्सा नि:शुल्क उपलब्ध कराई जाए।
4. इस प्रकार लगभग 25 लाख की जनसंख्या पर एक बड़ा अस्पताल बन जाएगा। यदि यह अस्पताल 1000 बेड का हुआ तो इसमें लगभग 600 बेड सामान्य श्रेणी के होंगे तथा 200 बेड डबल, 150 बेड विशिष्ट एवं 50 बेड अतिविशिष्ट श्रेणी के होंगे। सामान्य श्रेणी के बेड लेने वालों से बेड हेतु कोई शुल्क नहीं लिया जाएगा। अन्य विशिष्ट श्रेणी के बेड लेने वालों से बेड हेतु शुल्क लेने की व्यवस्था होगी। इस प्रकार इन अस्पतालों में संख्या के हिसाब से लगभग 6 प्रतिशत नागरिक प्रतिवर्ष अस्पताल में भर्ती हो पाएँगे तथा 23 प्रतिशत नागरिकों को हर वर्ष ओ.पी.डी. में दिखाने की सुविधा होगी। यदि राज्य सरकारें ग्राम समाज की जमीनें उपलब्ध करा दें। तो लगभग 400 करोड़ की लागत से 1 अस्पताल अच्छी तरह तैयार किया जा सकता है। प्रत्येक वर्ष यदि ऐसे 100 अस्पतालों का निर्माण करा दिया जाए तो लगभग 30-40 हजार करोड़ रुपए

सालाना खर्च मूल ढाँचे को विकसित करने में आएगा। इसी प्रकार एक अस्पताल में डॉक्टर्स की उचित तनख्वाह, अन्य स्टाफ की तनख्वाह, दवाएँ तथा अन्य खर्च मिलाकर लगभग 100 करोड़ रुपया वार्षिक आएगा। जो 5 वर्ष बाद पूर्ण ढाँचा विकसित करने के उपरांत पूरे भारत में लगभग 50 हजार करोड़ रुपया सालाना होगा। डॉक्टर्स तथा नर्सों की कमी भी दूर होगी।

5. देश के प्रत्येक जिले में प्राथमिक स्वास्थ्य केंद्र व मातृ एवं शिशु अस्पताल खोले जाने चाहिए। लगभग 25 हजार की आबादी पर ऐसे अस्पताल बनाए जाने चाहिए, जिनके बनाने में लगभग एक करोड़ रुपए की लागत आएगी। प्रत्येक अस्पताल में एक पुरुष डॉक्टर, एक लेडी डॉक्टर, दो जूनियर डॉक्टर, 12 नर्सें, 4 क्लर्क, 5 अन्य स्टॉफ लिये जाने चाहिए। हर प्रकार की दवाइयाँ इत्यादि मुफ्त होंगी। एक अस्पताल में वर्ष में खर्च लगभग 2.5 करोड़ रुपया आएगा। इन केंद्रों के माध्यम से बच्चे के जन्म के समय व बच्चे की माँ की उचित देखभाल तथा उत्तम आहार के लिए पर्याप्त धन भी हर माँ को उपलब्ध कराया जाए। इसके अतिरिक्त साधारण इलाज भी इन केंद्रों पर किए जा सकते हैं। जिन क्षेत्रों में अस्पताल की सुविधा हो, उन्हें आधुनिक बेहतर सुविधायुक्त बनाकर विकास किया जा सकता है। भारत में आबादी के हिसाब से कम-से-कम 60 हजार ऐसे केंद्र होने चाहिए। इन अस्पतालों का कुल खर्च लगभग 1.5 लाख करोड़ सालाना आएगा। प्रत्येक जिले के बड़े अस्पताल के अंतर्गत ही ये सभी स्वास्थ्य केंद्र संचालित किए जाने चाहिए। प्रत्येक केंद्र पर एंबुलेंस की व्यवस्था होनी चाहिए तथा रोगियों को जरूरत के हिसाब से मुख्य अस्पताल में भेजे जाने की भी व्यवस्था होनी चाहिए।

6. हर बी.पी.एल. कार्ड धारक को दी जाने वाली मुफ्त इंश्योरेंस की व्यवस्था भ्रष्टाचार का सबसे बड़ा अड्डा बन गई है। तमाम

प्राइवेट अस्पताल इंश्योरेंस कंपनियों से मिलकर इसमें बड़े घपले कर रहे हैं तथा सरकारी धन व्यर्थ हो रहा है। इस प्रकार मुफ्त चिकित्सा सेवा उपलब्ध कराने की स्थिति में हेल्थ इंश्योरेंस की भी कोई आवश्यकता नहीं रह जाएगी, जिसमें अरबों रुपए सरकार व नागरिक हर वर्ष इंश्योरेंस कंपनियों को दे रहे हैं। अत: मुफ्त इंश्योरेंस स्कीम को बंद कर देना चाहिए।

7. यह सारी व्यवस्था तभी सफल होगी, जब इन अस्पतालों को कॉरपोरेट की तरह संचालित किया जाए। प्रत्येक राज्य में अलग-अलग कॉरपोरेट बनाए जाएँ, जिनका प्रबंधन प्रोफेशनल्स द्वारा कराया जाए। देश के प्रसिद्ध जानकार लोगों को बोर्ड में रखा जाए। हर अस्पताल पर हेलीपैड की सुविधा हो। विशेष रोगों के जानकार डॉक्टरों को विभिन्न ऑपरेशन के लिए आवश्यकतानुसार एक जगह से अन्य जगह भेजा जा सके। दवा की खरीद भी केंद्रीय स्थान पर हो, जिससे दवा कंपनियों को व्यर्थ प्रचार के लिए खर्च करने तथा डॉक्टरों को कमीशन देने की आवश्यकता नहीं होगी, जिससे काफी कम दरों पर जेनेरिक दवा सॉल्ट के नाम से खरीदी जा सकेगी।

8. डॉक्टर्स तथा पैरामेडिकल स्टॉफ को प्राइवेट अस्पताल की तरह ही उचित तनख्वाह दी जाए तथा उनके लिए निवास, परिवहन व अन्य आवश्यक सुविधाएँ भी प्रदान की जाएँ।

9. भारत में लगभग नौ करोड़ लोग मनोरोगी हैं। इनमें ज्यादातर घरों के वातावरण में ही रहकर अपना इलाज कराते हैं। मगर बहुत से मनोरोगी, विशेषत: महिला मनोरोगी कभी-कभी परिवार के लोगों द्वारा उपेक्षित की जाती हैं। अत: इनके लिए जगह-जगह पुनर्वास केंद्र बनाए जाने चाहिए तथा एन.जी.ओ. के माध्यम से इन केंद्रों की उचित व्यवस्था की जानी चाहिए।

□

बुनियादी ढाँचा

बुनियादी ढाँचा

"सभी नागरिकों के जीवन-स्तर को विश्वस्तरीय बनाने की कल्पना के साथ आने वाले 100 वर्षों को ध्यान में रखते हुए बुनियादी ढाँचा बनाने की जरूरत है। प्रत्येक 10 वर्ष में एक सौ विकास क्षेत्र विकसित कर 50 करोड़ की आबादी के लिए सुविधायुक्त नए शहर बनाने होंगे।"

आजादी के बाद देश के बुनियादी ढाँचे में बड़ा बदलाव हुआ। 77 वर्षों में हजारों किलोमीटर सड़कें चौड़ी की गईं। ग्रामीण क्षेत्रों में भी सड़कों का विस्तार हुआ। बहुत से पॉवर प्लांट लगे। घरों व कारखानों में बिजली दी जाने लगी। भाप से चलने वाले रेलवे के इंजन बिजली से चलने लगे। हवाई पट्टियाँ विकसित हुईं, लेकिन 135 करोड़ की आबादी वाले देश के 50 प्रतिशत लोग अभी भी विकास का लाभ नहीं ले पाए। बढ़ती हुई आबादी को देखते हुए जरूरत के मुताबिक बुनियादी ढाँचा हम विकसित नहीं कर पाए। इसका सबसे बड़ा कारण यह रहा कि संपूर्णता की दृष्टि से बुनियादी ढाँचे की योजना ही नहीं बनाई गई।

भारत की आबादी आने वाले 50 वर्षों में 200 करोड़ से ज्यादा हो जाएगी। यहाँ पर रहने वाले सभी नागरिकों के जीवन-स्तर को विश्वस्तरीय बनाने की कल्पना के साथ आने वाले 100 वर्षों को ध्यान रखते हुए

बुनियादी ढाँचा बनाने की जरूरत है। जरूरत इस बात की है कि शहरों व गाँवों में दोनों जगह रहने वालों का जीवन-स्तर सुधरे, उन्हें स्वच्छ पीने का पानी, बिजली, अस्पताल, शिक्षा, खेलकूद तथा अन्य जीवनोपयोगी वस्तुएँ आसानी से उपलब्ध हों तथा सड़कों की स्थिति में भी गुणात्मक रूप से सुधार हो।

हमारे ज्यादातर गाँव बुनियादी सुविधाओं से वंचित हैं। वहाँ शिक्षा के लिए अच्छे विद्यालय नहीं हैं। ज्यादातर टूटी-फूटी इमारतें हैं। प्राथमिक स्वास्थ्य केंद्रों का भी बुरा हाल है। डॉक्टर व शिक्षक वर्ग ड्यूटी हेतु वहाँ जाना नहीं चाहते। पीने का स्वच्छ पानी तक उपलब्ध नहीं है।

इसके लिए सबसे पहले जरूरी है कि नगर व गाँव को एक साथ जोड़ा जाए। मुख्य सड़कों के दोनों तरफ 1 किलोमीटर तक के क्षेत्र को विकास-क्षेत्र बनाया जाए। सड़क से 500 मीटर की दूरी तक का क्षेत्र उद्योगों, बड़े व्यावसायिक प्रतिष्ठानों, बड़े अस्पतालों तथा सरकारी कार्यालयों के लिए विकसित किया जाए। उसके बाद आवासीय कॉलोनियाँ, मंडी, स्कूल-कॉलेज, इत्यादि 500 मीटर तक में विकसित किए जाएँ। निश्चित रूप से ग्रामीण आबादी के नागरिक बेहतर जीवन जीने के लिए इन विकसित कॉलोनियों में जाएँगे तथा शहरों के लोग भी कार्य-स्थल नजदीक होने के कारण उन कॉलोनियों में रहने का प्रयास करेंगे। विकसित कॉलोनियों के पीछे खेत होंगे। उक्त कॉलोनियों में रहने वाले नागरिक अपने खेतों को, व्यापार को तथा उद्योगों को नजदीक से देख पाएँगे। यदि परिवार में कई सदस्य हैं तो सभी परिवार के लोग एक ही जगह निवास कर पाएँगे। कुछ लोग खेती की देखभाल कर सकेंगे तथा कुछ उद्योगों में, कुछ व्यापार में कार्य कर पाएँगे। इससे संयुक्त परिवार का ढाँचा भी मजबूत रह पाएगा। श्रमिकों को भी नजदीक ही काम के साधन उपलब्ध होंगे। इससे ग्रामीण क्षेत्र का शहरीकरण भी होगा, वहाँ के नागरिक शहरों जैसी उच्चस्तरीय सुविधाएँ भी प्राप्त कर पाएँगे तथा खेती से भी वंचित नहीं रहेंगे।

इस विकसित पट्टी पर पीने का स्वच्छ पानी तथा बिजली की लाइनें

बिछाना भी काफी आसान होगा। सीवरेज प्रणाली, पानी निकासी की सुविधा भी भली-भाँति बनाई जा सकेगी। प्रत्येक 1 किलोमीटर में लगभग 25000 की आबादी के लिए स्थान बनाया जा सकेगा तथा काफी खुला स्थान भी मिल सकेगा। आगे आने वाली पीढ़ियों की आवश्यकताओं को भी ध्यान में रखा जा सकेगा। प्रत्येक 10 किलोमीटर पर कूड़ा प्रसंस्करण यंत्र की स्थापना की जा सकती है, जिसमें बायोगैस तथा बिजली का उत्पादन किया जा सकता है।

हमें इस बात को भी ध्यान में रखना होगा कि प्रकृति में हो रहे भौगोलिक परिवर्तनों को देखते हुए योजनाएँ बनाई जाएँ। एक रिपोर्ट के अनुसार 70 वर्षों में बंबई और कलकत्ता जैसे शहर समुद्र में समा सकते हैं। निश्चित रूप से बहुत पहले ही इन शहरों के निवासियों को दूसरी जगह स्थापित करने का इंतजाम करना होगा। वहाँ के कल-कारखानों, ऑफिसों—सभी को स्थानांतरित करना होगा। सड़क के दोनों तरफ 100 किलोमीटर के क्षेत्र में दोनों तरफ एक किलोमीटर के विकास क्षेत्र में 50 लाख की आबादी के लिए स्मार्ट सिटी विकसित करनी होगी। प्रत्येक 10 वर्षों में 100 ऐसे विकास क्षेत्र विकसित कर 50 करोड़ की आबादी के लिए सुविधायुक्त ढाँचा विकसित करना होगा। उक्त विकास क्षेत्र में आसान परिवहन प्रणाली विकसित की जानी चाहिए। पूरी लंबाई तक मोनोरेल/मेट्रो बनाई जा सकती है। अंदर के इलाकों में सुगम यातायात के लिए छोटी बसें, टेंपो इत्यादि की व्यवस्था की जा सकती है।

पूरी पृथ्वी पर 96 प्रतिशत पानी खारा/नमकीन है। केवल 4 प्रतिशत पानी ही शुद्ध पानी है, जिसमें 1.3 प्रतिशत पानी पीने योग्य है, जिसका 97 प्रतिशत पानी ग्राउंड पानी है तथा 3 प्रतिशत पानी झीलों तथा नदियों का पानी है। औद्योगिक विकास तथा गंदगी के कारण शुद्ध पानी की कमी होती जा रही है। मानव की जिंदगी के लिए पानी नितांत आवश्यक है। आज के 50 वर्ष पूर्व की अपेक्षा पानी का इस्तेमाल 6 गुना ज्यादा हो गया है। और आने वाले 50 वर्षों में इसे और 3 गुना हो जाना है। दुनिया में सबसे ज्यादा लोग पानी

की अशुद्धता से बीमार हो रहे हैं। हर 15 सेकंड में दुनिया में एक बच्चा पानी की अशुद्धता के चलते मर जाता है। इसलिए शुद्ध पानी लोगों के स्वास्थ्य के लिए सबसे ज्यादा जरूरी है। अत: पानी को शुद्ध कर नागरिकों को देना सबसे बड़ी आवश्यकता है।

नए विकास क्षेत्र में सभी नागरिकों को शुद्ध पीने का पानी मुहैया कराने के लिए हर एक किलोमीटर पर ओवर हेड टैंक बनाए जाने चाहिए तथा उनके साथ ही पानी को साफ करने के उपकरण लगाने होंगे। पूरे शहर में रेनवाटर हॉर्वेस्टिंग का पूरा इंतजाम करना होगा। मल्टी स्टोरेज बिल्डिंगों में शुद्ध पानी की सप्लाई के लिए रेन वाटर हॉर्वेस्टिंग के साधन विकसित करने होंगे। सीवरेज सिस्टम को रेन वाटर से अलग रखना होगा, जिससे बरसात का पानी सीवर में न मिल पाए। उसे अलग संगृहीत कर नहर में मिलाकर खेती के काम में लाया जाना चाहिए। सीवर के पानी को वाटर ट्रीटमेंट प्लांट द्वारा साफ कर, मल आदि को खाद व बिजली बनाकर बचे हुए पानी को खेतों में नहर के पानी के रूप में इस्तेमाल किया जाए। सड़क के किनारे सामुदायिक शौचालय बनाए जाएँ तथा पीने के पानी की व्यवस्था हो। प्रत्येक 5 किलोमीटर के क्षेत्र में मंडी स्थापित की जानी चाहिए तथा फल, फूल, सब्जी व अनाज के बड़े क्रय-विक्रय केंद्र होने चाहिए। प्रत्येक 1 किलोमीटर के क्षेत्र में छोटी-छोटी सुविधाजनक दुकानों के लिए व्यावसायिक कॉम्प्लेक्स का निर्माण किया जाए। प्रत्येक 10 किलोमीटर पर शॉपिंग माल तथा मल्टीप्लेक्स बनाए जाने चाहिए। पर्यावरण पर विशेष ध्यान देने की आवश्यकता है। इसलिए पूरी सड़क के किनारे पटरी के बाद पार्क बनाए जाएँ, जिसमें घास व वृक्ष लगाए जा सकते हैं।

योजना को और बेहतर स्वरूप देने के लिए यह हो सकता है कि आवासीय कॉलोनियों के बाद लगभग 50 मीटर तक पूरी लंबाई में झील बनाई जाए, जिसमें जगह-जगह वाटर हार्वेस्टिंग सिस्टम विकसित किए जाएँ। वर्षा का पानी जिसमें संचित होगा तथा नजदीक की नदियों का पानी शुद्ध करके वर्षपर्यंत उसमें प्रवाहित किया जा सकता है। उक्त झील से वाटर हार्वेस्टिंग

होने से पृथ्वी के नीचे का पानी का संचय पूरे नगर में सही तरीके से हो पाएगा तथा पानी की कमी भी नहीं होगी, इसके साथ-ही-साथ नगर की सुंदरता भी बढ़ेगी। झील के दोनों तरफ काफी मात्रा में वृक्षारोपण कर उसे और भी खूबसूरत बनाया जा सकेगा।

नगर का निर्माण करते समय मुख्यत: इन बातों को ध्यान में रखना होगा। नगर की सड़कें, सीवर सिस्टम, पर्यावरण, आवागमन के साधन, स्वच्छ पानी की उपलब्धता, बिजली, सामुदायिक शौचालय, स्कूल, कॉलेज, हॉस्पिटल तथा वाटर हार्वेस्टिंग का उचित प्रबंध हो।

प्रत्येक 100 किलोमीटर के क्षेत्र में 2 लाख फ्लैट विकास प्राधिकरणों द्वारा नागरिकों को बिक्री हेतु बनाए जाने चाहिए तथा 2 लाख फ्लैट कमजोर वर्ग के लोगों को मुफ्त उपलब्ध कराने हेतु बनाए जाने चाहिए। बाकी भूखंड निजी बिल्डरों को तथा स्वयं अपना मकान बनाए जाने वाले नागरिकों को बेचे जाने चाहिए। इस प्रकार नगर को बनाने में लगी लागत को भूखंड बेचकर तथा फ्लैट की बिक्री करके प्राप्त किया जा सकता है तथा कमजोर वर्ग को आवास भी उपलब्ध कराया जा सकता है।

विडंबना है कि हमारे देश के करोड़ों लोगों के पास आज भी इस देश में 1 इंच जमीन भी मुहैया नहीं है। सरकार का कर्तव्य है कि जमीन से वंचित लोगों को देश की धरती पर अपना आशियाना उपलब्ध कराए। आने वाले 10 वर्षों में कम-से-कम 4 करोड़ फ्लैट बनाकर कमजोर वर्ग के लोगों को उपलब्ध कराना सरकार की प्राथमिकता होनी चाहिए।

सौ नए शहरों के निर्माण से जहाँ करोड़ों कामगारों को रोजगार मिलेगा, वहीं सरकार को फ्लैट व भूखंड से लगभग चार लाख करोड़ प्रति शहर की दर से यानी 400 लाख करोड़ का मुनाफा होगा। इससे राष्ट्रीय आय में भी भारी वृद्धि होगी। तमाम औद्योगिक उत्पादनों की भारी माँग बढ़ेगी, जिससे उद्योगों में नए रोजगार के अवसर पैदा होंगे और सरकारी राजस्व में भी भारी वृद्धि होगी।

Fast Forward towards 15 trillion Economy

अर्थव्यवस्था के आकार का मतलब जी.डी.पी. से होता है। भारत की जी.डी.पी. 3.73 ट्रिलियन, यानी 301.75 लाख करोड़ की है। यह सकल घरेलू उत्पादन (मैन्युफैक्चरिंग सेक्टर, सर्विस सेक्टर एवं कृषि सेक्टर) को लेकर है।

विश्व की रैंकिंग की दृष्टि से देखें तो भारत की अर्थव्यवस्था 5वें नंबर पर है। अमरीका, चीन, जर्मनी और जापान के बाद भारत का स्थान है। जबकि चीन को छोड़कर बाकी देशों की आबादी हमसे काफी कम है।

हमें ध्यान रखना होगा कि जहाँ अमरीका की जी.डी.पी. 2020 में 21.32 ट्रिलियन, चीन की 14.86 ट्रिलियन तथा भारत की 2.67 ट्रिलियन थी, वहीं 2 वर्षों में जहाँ भारत की जी.डी.पी. 2.67 ट्रिलियन से 3.35 ट्रिलियन बढ़ी है, वहीं अमरीका की 21.32 ट्रिलियन से बढ़कर 25.74 ट्रिलियन और चीन की 14.86 ट्रिलियन से बढ़कर 17.85 ट्रिलियन हो गई, यानी हमारी ग्रोथ उनके मुकाबले में काफी कम है।

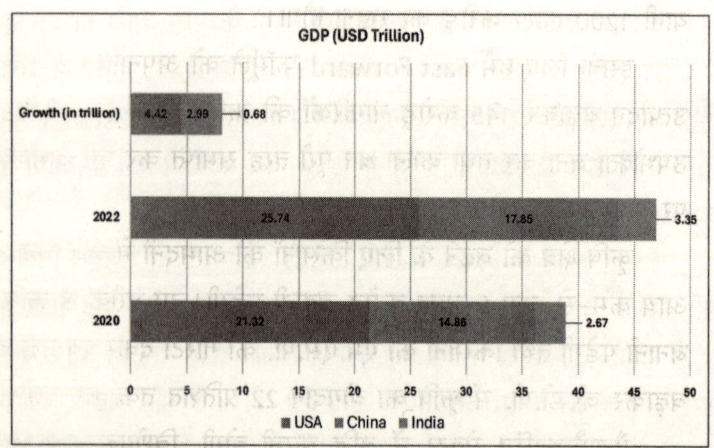

Fig- 6.1 GDP of Different countries (USD Trillion)
Source: International Monitory Fund Data Sheet
https://www.imf.org/external/datamapper/NGDPD@WEO/OEMDC/ADVEC/WEOWORLD

वास्तव में हमारा लक्ष्य दुनिया की रैंकिंग पर न होकर देश में लोगों के जीवन-स्तर को सुधारने का होना चाहिए। देश का औसत मजदूर कैसी जिंदगी जी रहा है, किसान कितना खुश है, व्यापारी कितनी तरक्की कर रहा है, लोगों की क्रयशक्ति में कितना इजाफा हो रहा है, रैंकिंग इस बात की होनी चाहिए।

यदि देखा जाए तो हमारे देश की प्रति व्यक्ति जी.डी.पी. अन्य देशों की तुलना में काफी कम है। इससे यह बात निश्चित है कि देश में कुछ बड़े उद्योगों के माध्यम से, सर्विस सेक्टर के बढ़ने से, मध्यम वर्ग की क्रयशक्ति के बल पर तथा महँगाई बढ़ने के कारण 2026-27 में हम अपनी जी.डी.पी. 5 ट्रिलियन डॉलर कर लें। और अपनी रैंकिंग भी 3 पर ले जाएँ, लेकिन क्या इससे प्रति व्यक्ति आय बढ़ पाएगी, यानी गरीबी वैसे के वैसे ही रहेगी। इससे केवल कुछ कॉरपोरेट, बैंकिंग व इंश्योरेंस सेक्टर के मुनाफे में वृद्धि होने के अलावा कुछ हासिल नहीं होगा।

पहले तो देश को तीव्र गति से आगे ले जाने के लिए हमें अपना लक्ष्य 2024 से 2029 तक जी.डी.पी. वृद्धि का कम-से-कम 15 ट्रिलियन डॉलर, यानी 1200 लाख करोड़ का रखना होगा।

इसके लिए हमें Fast Forward फॉर्मूले को अपनाना होगा। तेजी से उत्पादन बढ़ाकर 145 करोड़ नागरिकों की क्रयशक्ति में इजाफा कर उन्हें उपभोक्ता बना कर तथा काला धन पूरी तरह समाप्त कर पूरी अर्थव्यवस्था पर प्रहार करना पड़ेगा।

कृषि क्षेत्र को बढ़ने के लिए किसानों की आमदनी में वृद्धि कर उनकी आय कम-से-कम 5 लाख करोड़ बढ़ानी पड़ेगी। नए तरीके से कृषि नीति बनानी पड़ेगी तथा किसानों को एम.एस.पी. की गारंटी देकर एवं उत्पादकता बढ़ाकर जी.डी.पी. में कृषि का योगदान 22 प्रतिशत तक करना होगा।

मैन्युफैक्चरिंग सेक्टर में वृद्धि करनी होगी, विशेषकर MSME को बढ़ावा देना होगा। उद्योग व व्यापार के लिए नियम सरल करने पड़ेंगे, इंस्पेक्टर राज समाप्त करना पड़ेगा। सामान्य नागरिकों की क्रयशक्ति बढ़ाकर

बाजार में डिमांड बढ़ानी होगी। औद्योगिक उत्पादनों के माँग बढ़ने से ही MSME सेक्टर बढ़ेगा एवं ग्रामीण क्षेत्र से निकले नवयुवकों को रोजगार मिलेगा। इसके लिए मजदूरी की दरों में वृद्धि करना आवश्यक है, इससे श्रमिकों के हाथ में लगभग 50 लाख करोड़ रुपए अतिरिक्त आएँगे।

15 ट्रिलियन अर्थव्यवस्था यानी 12 सौ लाख करोड़ में स्थिति

	(लाख करोड़)	(प्रतिशत)
कृषि एवं अलाइड	240	20%
उद्योग	480	40%
सेवा	480	40%

मैं समझता हूँ कि बुनियादी ढाँचे के माध्यम से राष्ट्र के समग्र विकास की योजना बनाई जा सकती है, जिससे बड़े स्तर पर रोजगार उत्पन्न हो सकते हैं। गरीबी पूरी तरह समाप्त हो सकती है तथा कृषि एवं औद्योगिक उत्पादन में वृद्धि कर हम लंबी छलाँग लगा सकते हैं। निश्चित तौर पर हम 3.71 ट्रिलियन की अर्थव्यवस्था को 15 ट्रिलियन तक पहुँचा सकते हैं और विकसित भारत के लक्ष्य को प्राप्त कर सकते हैं।

बुनियादी ढाँचे के विकास के लिए हमें सौ नए शहरों के विकास की योजना बनानी चाहिए। पूरे देश में बहुत बड़ा हाईवे का ढाँचा खड़ा हो चुका है। इन हाई वे पर 100 किमी. के क्षेत्र में, दोनों तरफ एक किमी. का एक विकास क्षेत्र बनाया जा सकता है। एक तरफ लगभग 10 करोड़ वर्ग मी., यानी 10 हजार हेक्टेयर जमीन खरीदी जा सकती है और इसे निम्न प्रकार से विकसित किया जा सकता है—

एक शहर की योजना आर्थिक दृष्टि से

COST		Land Used (in Meter)	COST (In Crore)
Particulars			
Land	10 CRORE SQM		40000
Road Development		10000000	5000
Sever Development		2500000	5000
Jheel Development	50x100000 Mtrr	5000000	500
Water Harvesting in Jheel			500
Water Tank	100 No.	500000	300
Water Piping in City			1000
Water Purification Plant	200 No.		500
Electric Generation Plant		10000	1000
Waste Management		10000	1000
Greenry		10000000	200
Public Toilet	200 No.		50
Public Drinking Water	200 No.		50
Police Control Room	10 No.	2000	5
Colectrat	6x200 Mtr	12000	30
Courts	6x10000 Mtr	60000	200
Police Station	20x2000 Mtr	40000	100
Officers House	500x140 SqMtr	30000	200
Bus Station	20 No.	100000	100
Vegitable Mandi	each 5 km 200 shop	200000	200
Grain Mandi	each 5 km 200 shop	300000	200

Flower Mandi	each 5 km 200 shop	200000	200
Medicine Mandi	Each 10 km 100 shop	200000	200
Iron Mandi	Each 10 km 100 shop	200000	200
Transport Nagar	Each 10 km 100 Godown	500000	400
House for Weeker Sections	2 Lacs x 80 Mtr	1600000	32000
House for Sale	5 Lacs x 160 Mtr	8000000	200000
Public Hospitals	3 No.	30000	600
stadium		200000	1000
Total			290735
Revenue			
Vegitable Mandi	each 5 km 200 shop		50
Grain Mandi	each 5 km 200 shop		100
Flower Mandi	each 5 km 200 shop		50
Medicine Mandi	Each 10 km 100 shop		25
Iron Mandi	Each 10 km 100 shop		25
Transport Nagar	Each 10 km 100 Godown		5000
House for Sale	5 Lacs x 160 Mtr		500000
Plot for Hotels		200000	1000
Residencial Plot Sale		39406000	197030
Sale of Industrial Plot		15000000	37500

Sale of Institutional Plot		500000	1500
Sale of Land for Hospital		200000	600
Commercial Plot		5000000	5000
Total			747880
Profit			457145

इस प्रकार सौ शहरों के विकास से

1. लगभग 50 करोड़ नागरिकों के लिए नए आधुनिक शहर का निर्माण होगा, जिससे वर्तमान शहरों पर जनसंख्या का दबाव कम होगा और बेहतर सुख-सुविधाएँ विकसित की जा सकेंगी।
2. सरकार को 400 लाख करोड़ से 500 लाख करोड़ तक की आमदनी होगी, जिससे देश को पूर्णतया कर्जमुक्त बनाया जा सकेगा और विकसित भारत का सपना साकार हो सकेगा।
3. लगभग दो करोड़ मकान कमजोर वर्ग के लिए मुफ्त बनाए जा सकेंगे, जिसमें सरकार का कोई अतिरिक्त पैसा खर्च नहीं होगा।
4. इन शहरों को बनाने में लगभग 25 करोड़ लोगों को रोजगार प्राप्त होगा और 10 करोड़ लोग स्वरोजगार से जुड़ेंगे। इससे बेरोजगारी की समस्या का पूर्ण निदान हो सकेगा।
5. इन शहरों में लगभग एक लाख नए उद्योग लग सकेंगे।
6. 300 बड़े अस्पताल, 100 विश्वविद्यालय, सैकड़ों छोटे-बड़े स्कूल, कॉलेज तथा अन्य अस्पतालों का निर्माण होगा।
7. नदियों के माध्यम से वॉटर हार्वेस्टिंग सिस्टम विकसित किए जाने से भूमिगत जल की समस्या का निदान होगा। झीलों के किनारे वृक्षारोपण से शहर का सुंदरीकरण होगा और पर्यावरण में भी सुधार होगा।
8. फंड मैनेजमेंट के लिए 10 लाख करोड़ के बांड 10 वर्ष के लिए 8 प्रतिशत ब्याज के साथ निकालने होंगे, जिनपर आयकर की छूट होगी।

9. बुकिंग के समय 20 प्रतिशत की राशि जमा की जाएगी व बाकी रकम किश्तों में प्राप्त होगी।

मैं समझता हूँ कि इन सौ नगरों के विकास के माध्यम से सरकार चाहे तो बहुत ज्यादा धन कमा सकती है; साथ-ही-साथ देश की आर्थिक जड़ों में घुन की तरह लगे हुए काले धन को समाप्त कर सकती है। इसके तहत सरकार को बहुत बड़े आर्थिक कदम उठाने पड़ेंगे। सरकार यह घोषणा कर सकती है कि कुछ चुने हुए बैंकों में देश का कोई भी नागरिक 'न्यू सिटी डवलपमेंट' अकाउंट के नाम से खाता खोल सकता है और एक निश्चित तिथि तक उक्त अकाउंट में जितना चाहे नगद या चेक के माध्यम से रुपया जमा कर सकता है। उस धन की न तो कोई जाँच होगी और न उस पर कोई कर आरोपित किया जाएगा, चाहे वह धन किसी भी प्रकार से कमाया हुआ हो। इस प्रकार कोई भी व्यापारी, किसान, सरकारी अधिकारी, राजनीतिज्ञ अपना धन जमा कर सकता है। उक्त खाते से जमाकर्ता को चेक बुक दी जाएगी, जिस चेक के द्वारा जमाकर्ता सरकार द्वारा घोषित नए शहर की योजना में फ्लैट, प्लॉट, औद्योगिक भूमि, वाणिज्यिक भवन आदि बुक कर सकता है अथवा खरीद सकता है।

इसके कई फायदे होंगे : एक ओर सरकार शहरों के विकास से अच्छा लाभ कमा सकती है। काला धन लगभग पूरी तरह समाप्त कर सकती है, आगे चलकर आयकर को समाप्त करने की दिशा में अग्रसर हो सकती है। करोड़ों रोजगार के अवसर पैदा हो सकते हैं। गरीबी पर नियंत्रण किया जा सकता है और जी.डी.पी. की वृद्धि में हम लंबी छलाँग लगा सकते हैं।

□

न्यायपालिका
एवं
कानून-व्यवस्था

न्यायपालिका एवं कानून-व्यवस्था

"शासन द्वारा प्रत्येक थाना क्षेत्र में प्रतिष्ठित नागरिकों की कमेटी का गठन किया जाए तथा छोटे-छोटे मामलों में नागरिक मजिस्ट्रेटों के सहयोग से आर्थिक दंड लगाकर ज्यादातर मामलों को थानों पर ही समाप्त कर लिया जाए। इससे मुकदमों की संख्या भी घटेगी तथा समाज में वर्षों से चल रहे मुकदमों के कारण पैदा हो रही कटुता भी घटेगी।"

किसी भी देश की एवं सभ्य समाज की स्थिति का आकलन करने का सबसे बड़ा बैरोमीटर वहाँ की न्यायिक व्यवस्था है। लोगों को क्या वास्तव में न्याय मिल रहा है, कितना त्वरित न्याय मिल रहा है तथा न्याय पाना कितना आसान है। हमारा मानना है कि कोई भी राज्य कल्याणकारी राज्य तब तक नहीं बन सकता, जब तक वहाँ की जनता को न्याय सरल, सुलभ, सस्ता तथा शीघ्र नहीं प्राप्त हो पाता।

आज से 5 हजार वर्ष पूर्व भारत में कानून धर्म का हिस्सा होते थे, जिनका सबको पालन करना होता था। इन कानूनों का पालन न करने पर दंड का प्रावधान था। ब्रिटिश काल के पूर्व भारत के अलग-अलग हिस्सों में अलग-अलग कानून लागू थे, जो वहाँ के शासकों की अपनी-अपनी धारणाओं से प्रभावित थे।

ब्रिटिश काल के प्रथम चरण में कानून व न्याय को लागू करने का दायित्व गैर–पेशेवर लोगों, यानी व्यापारी समुदाय पर था, जो कानून नहीं जानते थे। वे आपसी मामले अंग्रेजों द्वारा बनाई गई प्राथमिक न्यायिक व्यवस्था के तहत हल कर लिया करते थे।

द्वितीय चरण में सन् 1773 में ब्रिटिश पार्लियामेंट द्वारा पारित किए गए रेग्युलेटिंग ऐक्ट के अंतर्गत फोर्ट विलियम ने सर्वोच्च न्यायालय की स्थापना की। जहाँ पेशेवर न्यायाधीश थे, कुछ हद तक ये कार्यपालिका पर भी नियंत्रण रखा करते थे।

तीसरे चरण में ईस्ट इंडिया कंपनी ने बंगाल में मोफनिस्ल अदालती व्यवस्था लागू की थी। बाद में अन्य क्षेत्रों में भी इसे लागू किया गया।

चौथे चरण में 1861 में कलकत्ता, बंबई व मद्रास में हाईकोर्ट की स्थापना की गई। बाद में उत्तरी व पश्चिमी प्रांतों में भी इसे विस्तार दिया गया। प्रेसिडेंसी शहरों में न्यायिक व्यवस्था इंग्लिश कानूनों पर आधारित थी। जबकि बाहरी क्षेत्रों में हिंदुओं व मुसलमानों के देशी कानूनों पर आधारित थी।

पाँचवें चरण में प्रीवी काउंसिल का अपील के उच्चतम न्यायालय के रूप में उदय भारतीय न्यायिक व्यवस्था के इतिहास का महत्त्वपूर्ण चरण था। 1883 के बाद न्यायिक प्रशासन में समानता व निश्चितता को सुनिश्चित करने के लिए पहले लॉ कमीशन के गठन के साथ ही भारतीय कानूनों को संहिताबद्ध करने की प्रक्रिया शुरू हुई।

छठवें चरण में भारत सरकार अधिनियम 1935 ने भारत में फेडरल कोर्ट का गठन किया, जिसके पास बहुत सीमित शक्ति थी। 15 अगस्त, 1947 को स्वतंत्र होने के बाद 26 जनवरी, 1950 में भारतीय संविधान लागू हुआ। इस संविधान के माध्यम से ब्रिटिश न्यायिक समिति के स्थान पर नई न्यायिक संरचना का गठन हुआ, जिसके अनुसार भारत में कई स्तर के तथा विभिन्न प्रकार के न्यायालय हैं। भारत में शीर्ष न्यायालय नई दिल्ली स्थित सर्वोच्च न्यायालय है। विभिन्न राज्यों में उच्च न्यायालय है, जिसके अंतर्गत जिला न्यायालय व अधीनस्थ न्यायालय है। भारतीय न्यायपालिका कॉमन लॉ

पर आधारित है यह प्रणाली अंग्रेजों ने औपनिवेषिक शासन के समय बनाई थी। इस प्रणाली को आम कानून व्यवस्था के नाम से जाना जाता है, जिसमें न्यायाधीश अपने फैसलों, आदेशों व निर्णयों से कानून का विकास करते हैं।

भारतीय न्यायिक प्रणाली की निम्नलिखित समस्याएँ हैं—

1. न्यायाधीशों की कमी—120वें विधि आयोग की रिपोर्ट के अनुसार भारत दुनिया में आबादी एवं न्यायाधीशों के बीच सबसे कम अनुपात वाले देशों में है। अमरीका व ब्रिटेन में 10 लाख लोगों पर 150 न्यायाधीश हैं, जबकि भारत में 10 लाख लोगों पर केवल 10 न्यायाधीश हैं।

2. धन की कमी—न्यायिक सुधारों का कार्यान्वयन नहीं होने के कारणों में एक न्यायतंत्र को कम बजटीय सहायता भी है। भारत अपने घरेलू उत्पादन का केवल 0.2 प्रतिशत ही न्यायतंत्र पर खर्च करता है।

3. भ्रष्टाचार—भारत में विधायिका व कार्यपालिका के लिए कुछ हद तक उत्तरदायित्व निश्चित किए गए हैं, लेकिन न्यायपालिका के लिए ऐसी कोई व्यवस्था नहीं है। किसी न्यायाधीश पर आरोप लगने पर उसे पद से हटाने का एकमात्र उपाय महा अभियोग है, जो जल्द हो ही नहीं पाता। ऐसी कोई व्यवस्था नहीं है कि न्यायालय स्वयं न्यायाधीशों से जुड़े कदाचार के मामलों में उचित काररवाई कर सके। आज हालत यह है कि मुकदमों के गुण-दोष के बावजूद उस पर होने वाले निर्णय न्यायाधीश के व्यक्तित्व व विवेक पर निर्भर रहते हैं। प्राय: प्रभावशाली लोग अदालतों को प्रभावित करने का भरसक प्रयास करते हैं, किस कोर्ट में किस वकील का प्रभाव हो सकता है, इसके आधार पर कुछ लोग वकील नियुक्त किया करते हैं। इस परिस्थिति में न्यायतंत्र में भ्रष्टाचार को बढ़ावा मिलने की संभावना रहती है।

4. महँगा न्याय—भारत में न्याय साधारण व्यक्ति की पहुँच के बाहर है। वकीलों की फीस पर कोई प्रतिबंध नहीं है। विशेषकर उच्चतम व उच्च न्यायालयों में वकीलों की भारी-भरकम फीस साधारण व्यक्तियों को न्याय से वंचित रखती है। ये वकील केवल कॉरपोरेट व सरकारी विभागों के लिए ही कार्य करते हैं। जिस कारण से साधारण व्यक्ति बड़े-बड़े कॉरपोरेट व

ताकतवर धनवान लोगों के सामने घुटने टेकने पर मजबूर होते हैं।

5. जटिल नियम—कानून की किताबें काफी मोटी हैं। नियम जटिल हैं, जो साधारण व्यक्तियों की समझ से परे हैं। कानून के अर्थ इतने जटिल हैं कि जो बड़े-बड़े वकीलों की समझ के भी बाहर हैं। वे ज्यादातर मुकदमों में उसी प्रकार के मामलों के पुराने फैसलों को आधार मानकर उदाहरण के तौर पर नियमों की व्याख्या करते हैं। यहाँ तक कि एक ही मामले में अलग-अलग जज अलग-अलग फैसला देते हैं व कानून का अलग-अलग भावार्थ निकालते हैं। तीन जजों अथवा पाँच जजों की पीठ में सबकी अलग-अलग राय होती है।

6. अन्यायपूर्ण व्यवस्था—भारत में एक सरकारी कर्मचारी को किसी दुराचार में संदिग्ध पाए जाने पर उसे निलंबित किया जाता है, किंतु उक्त अवधि में उसे जीवनयापन भत्ता दिया जाता है और निर्दोष साबित होने पर सभी बकाया वेतन व अन्य भुगतान कर नियमित सेवा में वापस लिया जाता है, और यदि उसे गंभीर दुराचार का दोषी पाया जाता है तथा उसकी सेवाएँ समाप्त कर दी जाती हैं, फिर भी भुगतान किया हुआ जीवन निर्वाह भत्ता उससे वापस नहीं लिया जाता। दूसरी ओर सामान्य नागरिक को किसी अपराध का दोषी मानने पर पुलिस उसे गिरफ्तार कर लेती है, मजिस्ट्रेट उसे जेल भेज देता है। बहुत से मामलों में आरोपी को लंबे समय तक जेल में रहना पड़ता है, लंबी न्यायिक प्रक्रियाओं के चलते वर्षों उसे दोषी करार नहीं दिया जाता। कई मामलों में दोषी ठहराए जाने के पूर्व ही आरोपी की मृत्यु हो चुकी होती है तथा बहुत से मामलों में आरोपी को दोषमुक्त कर दिया जाता है, लेकिन इतने वर्षों तक जेल में रहने के कारण उसके साथ जो अन्याय होता है, उसकी पूर्ति कदापि संभव नहीं है। यह निश्चित रूप से मानव अधिकारों के खिलाफ है तथा अन्यायपूर्ण है। पुलिस आयोग के अनुसार साठ प्रतिशत गिरफ्तारियाँ अनावश्यक हो रही हैं। गिरफ्तार व्यक्ति यातनाएँ सहने को बाध्य होता है। उसका परिवार भी अनावश्यक कष्ट भुगतता है। कमजोर व लचर न्याय-व्यवस्था के चलते देश में 2 प्रतिशत मामलों में ही दोष सिद्ध हो पाता है। लंबी

उत्पीडन वाली प्रक्रियाओं के बाद वह व्यक्ति मुक्त होता है तो भी अनुचित हिरासत में रखने के एवज में उसे कोई मुआवजा नहीं दिया जाता।

हमारी यह व्यवस्था जनतांत्रिक सिद्धांतों के विपरीत और साम्राज्यवादी नीतियों की पोषक है। पहले के समय में आप तब तक निर्दोष माने जाते थे, जब तक आपको दोषी करार न कर दिया जाए।

अब धीरे-धीरे व्यवस्था यह बन गई है कि आप तब तक दोषी माने जाएँगे, जब तक आप अपने-आप को निर्दोष सिद्ध न कर दें। निर्दोष सिद्ध करने की प्रक्रिया इतनी लंबी व खर्चीली है, जिससे किसी भी सम्मानित व्यक्ति की प्रतिष्ठा को नष्ट करने के लिए इसी प्रकार की न्याय-प्रणाली का दुरुपयोग किया जाता है।

7. सरकारी मामले—केंद्र तथा राज्य सरकारों से संबंधित लगभग 70 प्रतिशत मामले न्यायालयों में चलते हैं। सरकार के विभिन्न विभाग विभिन्न विषयों पर लोक सभा या विधान सभा में कानून पारित किए बिना जी.ओ. के माध्यम से मनमाने निर्णय जनता पर थोप देते हैं, जिससे विवाद की स्थिति पैदा हो जाती है। इसके अतिरिक्त सरकारी अधिकारी नियमों को तोड़-मरोड़कर जनता को परेशान करने के लिए कार्यों में बाधा उत्पन्न करते हैं। इस कारण से न्यायालयों में मामले बढ़ते चले जा रहे हैं। यहाँ तक कि निचली अदालतों से सरकारी विभागों के निर्णयों के खिलाफ फैसला होने पर उनके द्वारा उच्च न्यायालयों में जाने की प्रवृत्ति भी काफी गंभीर है।

8. न्यायाधीशों की नियुक्ति/पारदर्शिता का अभाव—वर्तमान में कोलोजियम प्रणाली के तहत उच्चतम व उच्च न्यायालयों में न्यायाधीशों की नियुक्ति व उनका स्थानांतरण किया जाता है। कोलोजियम में नियुक्ति के लिए उच्चतम न्यायालय के संदर्भ में मुख्य न्यायाधीश सहित पाँच वरिष्ठतम न्यायाधीश होते हैं तथा उच्च न्यायालय के संबंध में तीन न्यायाधीश होते हैं। इस प्रणाली की प्रक्रिया काफी जटिल व अपारदर्शी होती है। ऐसी स्थिति में इस प्रणाली को पारदर्शी बनाने के लिए संसद् द्वारा 'राष्ट्रीय न्यायिक नियुक्ति आयोग' के माध्यम से असफल प्रयास किया जा चुका है। उच्च न्यायालयों

में नियुक्ति की इस प्रक्रिया के चलते परिवारवाद की भी संभावनाओं पर भी लोग कई बार अपने विचार व्यक्त करते रहते हैं। होना यह चाहिए कि उच्च न्यायालयों तथा उच्चतम न्यायालय में न्यायाधीशों की नियुक्ति के लिए वास्तव में एक नियुक्ति आयोग हो। इन न्यायालयों में नियुक्ति के लिए विधि के बड़े स्टैंडर्ड के साथ परीक्षा होनी चाहिए। उच्च न्यायालय के न्यायाधीशों की नियुक्ति के लिए परीक्षा की अर्हता जिलों के न्यायाधीश तथा उच्च न्यायालयों में कम-से-कम 10 वर्ष वकालत के अनुभवी वकील होने चाहिए। उच्चतम न्यायालय की अर्हता में सभी उच्च न्यायालय के मुख्य न्यायाधीश ही होने चाहिए। उक्त परीक्षा में पास होने पर एक इंटरव्यू के बाद ही नियुक्ति होनी चाहिए तथा उक्त इंटरव्यू में भारत के मुख्य न्यायाधीश की अध्यक्षता में एक पाँच सदस्यीय कमेटी होनी चाहिए।

9. **समयबद्धता**—न्यायालयों में वाद निबटाने के लिए कोई समय-सीमा की बाध्यता नहीं है। अमरीका में ज्यादा-से-ज्यादा तीन वर्षों में वाद का निस्तारण करना होता है। भारत में दीवानी मामले तो 50-50 वर्षों तक लंबित रहते हैं। फौजदारी मामलों में भी वर्षों तक न्याय नहीं मिल पाता। बहुत से मामलों में अधिवक्ता भी मामलों को लटकाए रखते हैं और केवल समय माँगकर न्याय मिलने में विलंब पैदा करते हैं।

10. **उपभोक्ता अदालतें**—उपभोक्ताओं के हित में उपभोक्ता अदालतों का गठन हुआ। ये अदालतें उपभोक्ता हितों का संरक्षण करने हेतु बनाई गई थीं, मगर इनका उपयोग ज्यादातर उत्पादक या विक्रेता को परेशान करने की नीयत से किया जा रहा है। हर कानून में व्यापारी को बलि का बकरा बनाया जाए, यह कदापि उचित नहीं है। किसी सामान को वारंटी अवधि में खराब होने पर निर्माता द्वारा उसकी वारंटी प्रदान की जाती है। अत: किसी सामान के वारंटी अवधि में खराब होने पर उत्पादनकर्ता की जिम्मेदारी बनती है। उसी प्रकार क्लेम निरस्त किए जाने पर बीमा कंपनी की जवाबदेही बनती है। अत: उपभोक्ता द्वारा मुकदमा सीधे उत्पादनकर्ता के विरुद्ध किया जाना चाहिए। लेकिन सेवा देने वाले व्यापारी को पार्टी बनाकर परेशान नहीं किया जाना

चाहिए। इसके लिए न्यायालय को प्रश्रय नहीं देना चाहिए। इसके अतिरिक्त उपभोक्ता अदालतों में भ्रष्टाचार भी अपनी चरम सीमा पर है, जिससे न्याय नहीं हो पा रहा है।

11. कॉरपोरेट्स—उत्पादन-तकनीकी और पूँजी पर कब्जा होने के कारण भारतीय बाजार पूरी तरह से कॉरपोरेट्स पर आधारित है। 1990 के दशक से जब कंपनियों में पेशेवर लोगों की पकड़ बनती चली गई तो देश के व्यावसायिक घराने कॉरपोरेट्स में बदलते चले गए। तब से कंपनियों ने अपने यहाँ विधि विभाग खोल लिए तथा मनमाने तरीके से नियम बनाकर करोड़ों व्यापारियों से अपनी शर्तों पर काम करने लगे। अपने साथ काम कराने के लिए इस प्रकार से अनुबंध बनाए गए, जो इकतरफा थे, जिससे हर स्थिति में कॉरपोरेट्स को ही लाभ हो सकता था। विवाद की स्थिति में अनुबंध के तहत आर्बिट्रेसन क्लॉज डाला जाने लगा, जिसके अंतर्गत हर प्रकार से कॉरपोरेट्स के अनुकूल ही स्थितियाँ बन सकती हैं। इसी प्रकार तमाम बैंक भी कॉरपोरेट्स की तरह काम करने लगे तथा जनता के खाते में से मनमाने शुल्क वसूलने लगे। बैंक भी लोन देने के मामले में काफी जटिल अनुबंध बनाते हैं और ग्राहकों से बहुत ज्यादा हस्ताक्षर करवाते हैं, जिससे लोन लेने वाला व्यक्ति समझ ही नहीं पाता। बैंकिंग लोकपाल भी बैंकों के ही पक्ष में काम करते हैं। एक अनुमान के अनुसार कॉरपोरेट्स और बैंक व्यापारी व आम जनता का अरबों रुपया अवैध तरीके से वसूल रहे हैं। लेकिन अपनी कमजोर स्थिति के चलते तथा न्यायिक व्यवस्था महँगी व कठिन होने के कारण लोग मजबूर होकर समर्पण कर दे रहे हैं।

12. विचाराधीन कैदियों की समस्या—यह दुर्भाग्यपूर्ण है कि इस देश के कई मामलों में विचाराधीन कैदियों को 30-30 वर्ष तक बंदी रहने पर मजबूर किया गया है।

13. न्यायिक व्यवस्था में सुधार की आवश्यकता—दशकों से भारतीय न्यायतंत्र में सुधारों की आवश्यकता महसूस की जा रही है; क्योंकि सस्ता व शीघ्र न्याय कुल मिलाकर भ्रामक रहा है। इस व्यवस्था के चलते

पीड़ित व्यक्ति को न्याय नहीं मिल पा रहा है तथा अपराधी दंडित नहीं हो पा रहे हैं। निरपराध व कमजोर लोग वर्षों जेल की यातना सहने के लिए मजबूर हैं। लोगों को न्याय के लिए गलत तरीकों का इस्तेमाल करना पड़ता है। मुकदमों के निर्णय की समय-सीमा नहीं है। न्यायिक प्रक्रिया की कमी के चलते मुकदमों की संख्या लगातार बढ़ती चली जा रही है। हजारों कानून बनाए जा रहे हैं। लाखों नियम व उप नियम हैं। जिस कानून की व्याख्या बड़े-बड़े विधि विशेषज्ञ नहीं कर पा रहे हैं, एक ही मामले में एक अदालत कानून की कुछ व्याख्या करती है, उच्च न्यायालय और उच्चतम न्यायालय अलग-अलग फैसला देते हैं तथा कई जजों की पीठ में अलग-अलग राय होती है। वहाँ देश की साधारण जनता से उम्मीद की जाती है कि वह कानून का पूर्ण ज्ञानी होगा। ऐसी स्थिति बन गई है कि जनता सरकार व कानून के लिए बनकर रह गई है, न कि सरकार व कानून जनता के लिए। इस नकारात्मक प्रवृत्ति को रोकने के लिए न्याय तंत्र में लोगों का भरोसा तुरंत बहाल करना होगा। भारतीय दंड संहिता, दंडात्मक प्रक्रिया संहिता एवं नागरिक प्रक्रिया संहिता मूल रूप से अंग्रेजों द्वारा संरचित है। जिन्होंने नागरिकों के हितों को ध्यान में रखते हुए कानून नहीं बनाए, बल्कि शासन करने की दृष्टि से कानून बनाए गए हैं। इन कानूनों में आमूलचूल परिवर्तन किया जाना चाहिए तथा नए सिरे से भारत की परिस्थिति, नागरिकों की मनःस्थिति, हमारी संस्कृति को ध्यान में रखते हुए सरल भाषा का प्रयोग करते हुए नए कानून सृजित किए जाने चाहिए। जिनका मकसद आम आदमी आसानी से समझ सके। कानून की धाराओं, बिंदुओं, कामनाओं का अलग-अलग अर्थ निकालकर कानून का मखौल न उड़ाया जा सके।

14. सिटीजन चार्टर—कानूनों को बनाने के पहले एक 'सामान्य नागरिक आचार संहिता' (सिटीजन चार्टर) बनाई जानी चाहिए। उस पर आधारित विभिन्न कानून बनाए जाने चाहिए, जिससे नागरिकों को यह जानकारी हो सके कि उन्हें क्या करना चाहिए और क्या नहीं करना चाहिए। बार-बार यह बात कही जाती है कि देश में कानून का राज्य होना चाहिए।

लेकिन मेरा यह मानना है कि कानून का राज्य नहीं होना चाहिए, बल्कि राज्य का कानून होना चाहिए, जिसके द्वारा सामान्य नागरिक संहिता का उल्लंघन होने पर दंड का प्रावधान होना चाहिए।

15. अनावश्यक कानूनों की समाप्ति—बेकार व अनाश्वयक कानूनों को समाप्त किया जाना चाहिए। कानून की किताबें मोटी-मोटी न होकर केवल 10-20 पन्नों की होनी चाहिए, जिसे आम नागरिक, जिसके लिए कानून बनाया गया है, आसानी से समझ सके।

16. जमानत की प्रक्रिया का सरलीकरण—जमानत की प्रक्रिया को आसान किया जाना चाहिए। छोटे-छोटे मामले, विशेषकर शिकायती मामले जहाँ भारतीय दंड संहिता की गैर-जमानती धाराएँ हैं, वहाँ निचली अदालतों तथा पुलिस द्वारा नागरिकों को प्रथम दृष्टया आरोप दिखाकर जेल भेजने की प्रवृत्ति सामान्य हो गई है। इससे नागरिकों को काफी मानसिक आघात पहुँचता है, समाज में उसकी प्रतिष्ठा धूमिल होती है तथा अपराध सिद्ध होने के पूर्व ही उसे दंड मिल जाता है। इससे भ्रष्टाचार व उत्पीड़न को भी बढ़ावा मिलता है। जमानत के नाम पर काफी भ्रष्टाचार फैला हुआ है, अतः ऐसी व्यवस्था की जानी चाहिए कि जिन मामलों में मुलजिम के भाग जाने या उसके बाहर रहने पर समाज को कोई खतरा हो, उसे छोड़कर अन्य मामलों में थानों पर ही उसे जमानत दे दी जाए। जब कोई विकल्प न बचे, तभी उसे जेल भेजना चाहिए।

17. नागरिक मजिस्ट्रेट की नियुक्ति—बेहतर तो यह होगा कि शासन द्वारा प्रत्येक थाना क्षेत्र में प्रतिष्ठित नागरिकों की कमेटी का गठन किया जाए तथा छोटे-छोटे मामलों में नागरिकों के सहयोग से आर्थिक दंड लगाकर थानों पर ही मामलों को समाप्त किया जाए। इससे मुकदमों की संख्या भी घटेगी तथा समाज में वर्षों से चल रहे मुकदमों के कारण पैदा हो रही कटुता भी घटेगी। साथ-ही-साथ छोटे-छोटे अपराध करने वाले नवयुवकों को जेलों में जाकर बड़ा अपराधी बनने की स्थिति पर भी रोक लगेगी।

जिले के प्रत्येक थाना क्षेत्र के 5 + 5 प्रतिष्ठित नागरिकों को मजिस्ट्रेट का दर्जा प्रदान कर उनकी सेवाएँ निःशुल्क ली जा सकती हैं। जिले के कप्तान

या कमिशनर के पास हर थाना क्षेत्र के नागरिक मजिस्ट्रेटों की सूची होगी, जिससे प्रत्येक शुक्रवार की शाम को प्रत्येक नागरिक मजिस्ट्रेट को सूचित कर दिया जाएगा कि कल शनिवार को उन्हें किस थाने में अपनी न्यायिक सेवा देनी है। प्रत्येक शनिवार को प्रत्येक थाने में नागरिक मजिस्ट्रेट की कमेटी छोटे-छोटे मामलों को देखकर आपसी राय-मशविरा कर तत्काल निर्णय लेगी। इसमें पारदर्शिता भी बनी रहेगी। पहले से किसी नागरिक मजिस्ट्रेट को यह जानकारी नहीं होगी कि उन्हें इस सप्ताह किस थाने में सुनवाई हेतु बैठना है और कौन से मामले देखने हैं तथा वादी व प्रतिवादी को भी यह जानकारी नहीं प्राप्त हो पाएगी कि उनके मामले को कौन सी न्यायिक टीम देखेगी, जिससे वे किसी प्रभाव में भी नहीं आएँगे तथा जनता को तत्काल न्याय मिलेगा। साथ-ही-साथ न्यायालयों में लाखों निलंबित मुकदमों की संख्या घटेगी, जिससे महत्त्वपूर्ण मामलों में न्यायालय त्वरित न्याय कर पाएँगे। त्वरित न्याय की दृष्टि से फास्ट ट्रैक कोर्ट की संख्या में वृद्धि की जानी चाहिए।

प्राचीन भारत में न्यायालयों का एक पदानुक्रम था, जो कि पारिवारिक न्यायालयों से शुरू होकर राजा पर समाप्त होता था। सबसे निचला स्तर पारिवारिक मध्यस्थ था। अगला उच्च न्यायालय न्यायाधीश का था, सबसे ऊपर राजा का दरबार होता था। राजा का मार्गदर्शन करने के लिए न्यायाधीश या सलाहकार होते थे। वे राजा को किसी भी त्रुटि या अन्याय को रोकने का कार्य करते थे। न्यायिक अखंडता की एक सुरक्षा यह थी कि मुकदमों की सुनवाई केवल एक न्यायाधीश द्वारा नहीं की जा सकती थी, भले ही वह राजा ही क्यों न हो। हमारे पूर्वजों ने यह महसूस किया था कि जब दो दिमाग विचार-विमर्श करते हैं, तब भ्रष्टाचार व त्रुटि की संभावना कम रहती है। इसलिए यह प्रावधान था कि मामलों का फैसला करने के लिए राजा को अपने सलाहकारों के साथ बैठना चाहिए और न्यायाधीशों को असमान संख्या वाली बेंचों में बैठना चाहिए। कौटिल्य ने भी यह आदेश दिया था कि मुकदमों की सुनवाई तीन न्यायाधीशों द्वारा की जानी चाहिए। अंग्रेजों द्वारा बनाई गई हमारी वर्तमान न्याय-प्रणाली इस उत्कृष्ट सुरक्षा का पालन नहीं करती है।

आज प्रत्येक मुकदमे की सुनवाई आर्थिक कारणों से एक ही मुंसिफ या सिविल न्यायाधीश या जिला न्यायाधीश द्वारा की जाती है। लेकिन प्राचीन काल में राजा की रुचि अर्थव्यवस्था से अधिक न्याय की गुणवत्ता में थी।

मैं समझता हूँ कि छोटे-छोटे मामलों को नागरिक मजिस्ट्रेटों द्वारा निबटाने से केवल बड़े मामले ही जिला न्यायालयों में जाएँगे। ऐसी स्थिति में निचली अदालतों से लेकर उच्चतम अदालत तक हर मामले कम-से-कम तीन न्यायाधीशों की बेंच के सामने ही जाने चाहिए और प्रशासनिक न्यायाधीश को बेंच के सदस्यों को क्रमानुसार बदलते रहना चाहिए। इससे वादियों व अधिवक्ताओं द्वारा न्यायाधीशों को प्रभावित करने की स्थिति पर रोक लगेगी।

18. सरकारी मामलों पर नियंत्रण—विभिन्न केंद्रीय व राज्य सरकारों के विभागों द्वारा, विधायिका द्वारा रचित कानूनों से ऊपर उठकर सरकारी आदेश, यानी जी.ओ. के माध्यम से मनमाने नियम बनाकर जनता का शोषण व दोहन हो रहा है तथा लाखों मुकदमे न्यायालयों में लंबित होते जा रहे हैं। इन पर प्रभावी अंकुश लगाने की आवश्यकता है तथा ऐसे जी.ओ. देने वाले अधिकारियों के खिलाफ ठोस दंडात्मक काररवाई की जानी चाहिए।

19. कर से संबंधित मामले—हर प्रकार के कर विभागों में अधिकारियों को असीमित अधिकार दे दिए गए हैं। जी.एस.टी., आयकर, स्टांप आदि विभागों में अधिकारी दोहन करने की नीयत से मनमाने तरीके से करारोपण कर नागरिकों का शोषण करते हैं, जिससे लाखों मुकदमे अपील अथवा ट्रिब्यूनल में लंबित रहते हैं। अत: अधिकारियों की जवाबदेही सुनिश्चित की जानी चाहिए। अधिकारियों द्वारा करारोपण करने के पश्चात् अपील अथवा ट्रिब्यूनल में नागरिकों पर लगा कर यदि समाप्त कर दिया जाता है तो करारोपण करने वाले अधिकारी के खिलाफ आर्थिक एवं दंडात्मक काररवाई की जानी चाहिए। इससे नागरिकों पर होने वाले अत्याचार कम होंगे तथा व्यर्थ के मुकदमों की संख्या घटेगी।

20. कॉरपोरेट बैंक इत्यादि पर नियंत्रण—कॉरपोरेट, बैंक, बीमा कंपनी तथा अन्य सरकारी विभागों के खिलाफ जनता की शिकायतें कमर्शियल

कोर्ट में निर्णीत की जानी चाहिए। जहाँ निर्णय के लिए अधिकतम 6 माह का समय दिया जाना चाहिए तथा इस बात का ध्यान दिया जाना चाहिए कि प्रक्रिया खर्चीली न हो। कॉरपोरेट्स इत्यादि के द्वारा इकतरफा अनुबंध पर रोक लगाने के कड़े उपाय किए जाने चाहिए। आखिर कॉरपोरेट व व्यापारी के बीच व्यापार एक संविदा है तथा संविदा इकतरफा नहीं की जा सकती।

21. कानून व्यवस्था—हमारा यह मानना है कि अंग्रेजों के समय से चली आ रही पुलिस व्यवस्था सामंतवाद का प्रतीक बन गई है। इसे बदलने की नितांत आवश्यकता है। उसके लिए देश/प्रदेश स्तर पर वरिष्ठ नागरिकों की एक उच्च कमेटी का गठन किया जाए तथा उनसे सुझाव लेकर संपूर्ण पुलिस-व्यवस्था में व्यापक बदलाव किया जाए।

नागरिकों की सच्ची हमदर्द तथा अपराधियों के साथ कड़ाई से निपटने वाली पुलिस-व्यवस्था बनाई जानी चाहिए।

पुलिस के कांस्टेबल को एक अफसर का स्तर प्रदान कर, उसकी यूनिफॉर्म को उच्चकोटि का बनाकर, उसे आधुनिक हथियार व अन्य साधन उपलब्ध कराकर, रहने व खाने की उच्चकोटि की सुविधा देकर उसकी तनख्वाह को बेहतर बनाकर हर स्तर पर उच्चतम श्रेणी की व्यवस्था बनाई जाए। साथ-ही-साथ जवाबदेही भी तय की जाए। अनुशासन तोड़ने एवं नागरिकों का उत्पीड़न करने पर कड़े दंड का प्रावधान किया जाए।

प्रदेशों में पुलिस कमिश्नर प्रणाली लागू की जानी चाहिए। पुलिस को अन्य प्रशासनिक व्यवस्था से अलग रखा जाना चाहिए।

शासन द्वारा अधिकार-संपन्न नागरिकों की कमेटी प्रदेश स्तर पर एवं जिला स्तर पर तथा थाने के स्तर पर बननी चाहिए, जिन्हें थानों के निरीक्षण करने तथा पुलिस के कार्यों की निगरानी करने का अधिकार होना चाहिए। इससे पुलिस की नागरिकों के प्रति जवाबदेही बनी रहेगी तथा उनके द्वारा सामंतवादी तरीके से कार्य करने की प्रवृत्ति पर अंकुश लगेगा तथा वे निरीह नागरिकों के साथ अत्याचार नहीं कर पाएँगे।

इस बात का विशेष ध्यान रखना होगा कि निरपराध लोगों को पुलिसिया

आतंक का शिकार न होना पड़े। ऐसी शिकायत मिलने पर थाना प्रभारी के लिए कड़े दंड का प्रावधान किया जाए। ऐसा देखने में आया है कि ज्यादातर निरपराध व कमजोर लोग पुलिसिया उत्पीड़न का शिकार बन जाते हैं तथा साधारण मामलों में उन्हें जेल भेजकर पुलिस अपनी खानापूर्ति करती है तथा समाज में नए अपराधी पैदा करती है।

आज जेलों की स्थिति यह बन गई है कि वहाँ अपराधियों ने अपना साम्राज्य बना लिया है। बड़े-बड़े अपराधियों को पैसे के बल पर तमाम सुविधाएँ मिल रही हैं। बाहर से भोजन आ रहा है, बैरक में कूलर लगे हैं, मोबाइल फोन से वे सब जगह बातें करते हैं, व्यापारियों से जबरन वसूलते हैं और जेलों से वे अपना धंधा चलाते हैं। वे जेल में सबसे ज्यादा सुरक्षित है। अत: इस पर कड़ाई से कदम उठाने की आवश्यकता है। उड़ीसा की भाँति जेल की बैरकों में जगह कम कर दी जाए। उनमें विभाजन कर दिया जाए। बड़े-बड़े अपराधियों को छोटी जगहों पर अकेले रखा जाए जेल के खाने के अलावा उन्हें अन्य खाना न दिया जाए। मुलाकातियों पर प्रतिबंध लगाया जाए। तथा जेलकर्मियों पर कड़ाई बरती जाए, ताकि अपराधियों को जेल जाने में भय महसूस हो। वे जेलों को नरक की यातना के समान समझें, जिससे आगे अपराध करने में उन्हें डर महसूस हो।

□

शिक्षा

शिक्षा

"कक्षा 10 के बाद विद्यार्थियों को सीधे रोजगारपरक शिक्षा दी जानी चाहिए। जिन बच्चों को आगे जिस रोजगार में जाना हो, उन्हें उसी प्रकार की रोजगारपरक शिक्षा प्राप्त करने का अवसर प्रदान करना चाहिए। उच्च शिक्षा केवल उन्हीं विद्यार्थियों को दी जानी चाहिए, जिन्हें आगे मेडिकल, इंजीनियरिंग, वकालत या रिसर्च इत्यादि की पढ़ाई करनी हो।"

किसी भी देश की, किसी भी क्षेत्र की प्रगति उस क्षेत्र में ज्यादा-से-ज्यादा लोगों की शिक्षा पर निर्भर करती है। जितना भी जिस क्षेत्र में लोग शिक्षित होंगे, उतना ही वह क्षेत्र समृद्धिशाली होगा।

देश में साक्षरता के प्रतिशत में सुधार अवश्य हुआ है, लेकिन इसके बावजूद समाज में व्याप्त उच्छृंखलता, अनुशासनहीनता तथा अराजकता की स्थिति हमें सोचने को बाध्य करती है कि क्या वर्तमान शिक्षा-प्रणाली हमारे समाज व संस्कार के अनुरूप है ? हमारी शिक्षा किसी भी स्थिति में सुयोग्य, सुसंस्कृत तथा शारीरिक, आध्यात्मिक व बौद्धिक दृष्टि से योग्य नागरिक तैयार नहीं कर पा रही है।

एक बात याद रखनी चाहिए कि जब कोई देश किसी दूसरे राष्ट्र को परतंत्र बनाकर रखना चाहता है तो सबसे पहले वह वहाँ की संस्कृति, साहित्य

और इतिहास को नष्ट कर देता है। यही कार्य अंग्रेजों ने किया। मैकाले ने भारतीयों को पंगु बनाने वाली, शासन के लिए क्लर्क तैयार करने वाली उस शिक्षा-पद्धति को विकसित किया, जो अंग्रेजों के जाने के बाद भी आज तक इस देश से नहीं जा सकी है और आज भी नौकरशाही का ढाँचा बने शासन के लिए क्लर्क तैयार कर रही है।

हमें सोचना होगा कि आखिर शिक्षा का उद्देश्य क्या है। शिक्षा का एक आध्यात्मिक पहलू है—बच्चों का बौद्धिक विकास, दूसरा पहलू आर्थिक है—वह है जीवन को संचालित करने का तरीका। आज हमारी प्रचलित शिक्षा-पद्धति अपने इन दोनों उद्देश्यों में विफल है।

जो सबसे बड़ी चीज मुझे दिखाई देती है, वह है शिक्षा का रोजगारपरक न होना। क्या यह विडंबना व अभिशाप नहीं है कि 14-15 साल पढ़ने-लिखने के बाद विद्यार्थी अंधकार में अपना भविष्य व अपना कर्म खोजता है। बी.ए. के बाद एम.ए. और बी.एससी. के बाद एम.एससी. और फिर नौकरी की तलाश। नौकरी न मिलने पर रिसर्च या एलएल.बी.। एक ओर शिक्षित नवयुवकों को भयंकर बेरोजगारी का सामना करना पड़ रहा है तो दूसरी ओर हजारों स्थान खाली पड़े हैं। योग्य कर्मचारी नहीं मिलते। इसका एकमात्र कारण है कि शिक्षा और विकास कार्यों का एक-दूसरे से कोई सामंजस्य नहीं है।

आज आवश्यकता है ऐसी शिक्षा की, जो भावी पीढ़ी का सर्वांगीण विकास कर सके। बच्चों के शारीरिक, मानसिक व आध्यात्मिक विकास के साथ-साथ उन्हें स्वावलंबी बना सके। स्कूल व कॉलेजों से निकला विद्यार्थी दर-दर नौकरी के लिए ठोकर खाने के बजाय स्वयं रोजगार के साधन विकसित करने की क्षमता रखे। शिक्षा-प्रणाली भारतीय शिक्षा व जीवन आदर्शों के अनुरूप हो। शिक्षा का ऐसा स्वरूप विकसित हो, जिसके माध्यम से भारत की अमूल्य आध्यात्मिक निधि व गौरवशाली परंपराओं की थाती को नई पीढ़ी को सौंपा जा सके और नई पीढ़ी इतनी सामर्थ्यवान हो, जो परंपराओं को जीवित रख सके। आध्यात्मिक निधि को समृद्ध कर सके तथा छात्रों में

राष्ट्रीय, सामाजिक व सांस्कृतिक चेतना जाग्रत् कर सके।

इन सब चीजों के लिए सबसे पहले यह जरूरी है कि सरकारी स्तर पर प्रदान की जाने वाली प्राइमरी व माध्यमिक शिक्षा के स्तर को प्राइवेट स्कूलों से बेहतर बनाया जाए। आखिर सरकारी स्कूलों में पढ़ाने वाले शिक्षकों को प्राइवेट स्कूलों से बेहतर तनख्वाह मिलती है। फिर क्यों सरकारी स्कूल निम्न स्तर की शिक्षा प्रदान कर रहे हैं। सरकारी शिक्षा के स्तर के गिरने के कारण लोग मजबूरन प्राइवेट स्कूलों में बच्चों को दाखिल कराते हैं तथा महँगी शिक्षा दिलाने के लिए मजबूर हैं। यह गंभीर चिंता का विषय है। अतः इसमें सुधार के लिए निम्न कदम उठाए जाने की आवश्यकता है—

1. सरकारी स्कूलों के शिक्षकों की राजनीति में दखलंदाजी बंद करनी होगी। शिक्षक संघ को समाप्त करना होगा तथा उत्तर प्रदेश जैसे राज्यों से शिक्षक एम.एल.सी. की सीट को खत्म करना होगा। आखिर शिक्षकों की भर्ती शिक्षा देने के लिए होती है, न कि राजनीति करने के लिए। शिक्षकों की साल भर चलने वाली राजनीतिक गतिविधियों ने पूरे शिक्षा तंत्र को बरबाद करके रख दिया है।
2. सरकारी स्कूलों में ज्यादातर असक्षम अध्यापकों की नियुक्ति की जा रही है। ज्यादातर अध्यापक शिक्षा अधिकारियों अथवा प्रशासकों को मोटी रकम देकर अपनी नियुक्ति करा लेते हैं। इस प्रकार शिक्षा-प्रणाली पूरी तरह से भ्रष्ट हो चुकी है। इस पर मजबूती से प्रहार करने की आवश्यकता है। अध्यापकों की नियुक्ति-प्रक्रिया में बदलाव किया जाना चाहिए तथा हर विषय के लिए योग्य अध्यापकों की नियुक्ति की जानी चाहिए।
3. अध्यापकों के लिए वर्षपर्यंत ट्रेनिंग प्रोग्राम चलाए जाने चाहिए, जिनमें अध्यापकों को पढ़ाने के तरीके, व्यवहार करने के तरीके, उनकी राष्ट्र के प्रति जिम्मेदारियों एवं नई जानकारियों के बारे में बताना चाहिए।

4. यूनेस्को इंटरनेशनल एजुकेशनल प्लानिंग स्टडी ऑन करप्शन इन एजुकेशन ने अपनी रिपोर्ट में कहा है कि भारत के सरकारी स्कूलों में अध्यापक 25 प्रतिशत तक अनुपस्थित रहते हैं, जो दुनिया में सबसे ज्यादा है। अतः अध्यापकों की स्कूलों में उपस्थिति का कड़ाई से पालन किया जाना चाहिए।
5. सरकारी स्कूलों में अध्यापकों को गैर-अध्यापन कार्य से दूर रखना आवश्यक है। प्राइमरी के अध्यापकों से गैर-शिक्षण कार्य, जैसे सर्वे, पोलिंग इत्यादि के कार्य कराए जाते हैं, जिससे शिक्षा-व्यवस्था प्रभावित होती है। इसे तत्काल बंद किया जाना चाहिए।
6. भारत के सरकारी स्कूलों की इमारतें टूटी-फूटी हैं। बहुत से विद्यालयों में शौचालय तथा स्वच्छ पीने का पानी तक उपलब्ध नहीं है। यहाँ तक कि बहुत सी बालिकाएँ इसी संकोच के चलते बीच में ही स्कूल छोड़ देती हैं। अतः शिक्षा के स्तर में सुधार के लिए अति आवश्यक है कि स्कूलों के भवनों को नए सिरे से आधुनिक तरीके का बनाया जाए, ताकि बच्चों को पढ़ने के लिए पर्याप्त साधन उपलब्ध हो सकें। नगर निगमों तथा नगर पालिकाओं द्वारा चलाए जाने वाले छोटे-छोटे स्कूलों को बंद कर उनकी जगह नए आधुनिक विद्यालय खोले जाने चाहिए।
7. सरकारी स्कूलों के पाठ्यक्रमों में संशोधन किए जाने की आवश्यकता है। सरकारी तथा प्राइवेट स्कूलों में एक ही तरह के पाठ्यक्रम चलाए जाने चाहिए। प्राइमरी तथा माध्यमिक शिक्षा के पाठ्यक्रम इस प्रकार के होने चाहिए, जिससे बच्चों का सर्वांगीण विकास हो। इसके अतिरिक्त पूरे देश में प्राथमिक एवं माध्यमिक शिक्षा का पाठ्यक्रम एक होना चाहिए तथा पुस्तकों में हर वर्ष पाठ्यक्रम में बदलाव नहीं होना चाहिए।
8. शारीरिक शिक्षा आज, विशेषकर सरकारी स्कूलों से गायब हो चुकी है। उनके लिए ज्यादातर स्कूलों में अध्यापक ही नहीं हैं।

इसलिए जरूरी है कि बच्चों के शारीरिक विकास हेतु हर स्कूल में योग, पी.टी., एन.सी.सी तथा अन्य खेलकूद की कक्षाएँ नियमित रूप से चलाई जाएँ।

9. स्कूलों में परीक्षा के दौरान नकल ने गंभीर स्थिति पैदा कर दी है। हमें सोचना होगा कि आखिर इसका कारण क्या है?
इसका सबसे बड़ा कारण यह है कि कक्षा में पढ़ाई जाने वाली शिक्षा का स्तर काफी खराब है। किताब-कॉपियों का केवल बोझ बढ़ता चला जा रहा है। बच्चों को स्कूल की अपेक्षा घर में ज्यादा पढ़ना पड़ता है। पढ़ाई का माहौल बेकार हो गया है। अतः जरूरी है कि कक्षा में ही बच्चे को पूर्णरूप से शिक्षित किया जाए। व्यर्थ की किताबों का बोझ तथा रटने की प्रक्रिया को खत्म कर डिजिटल टेक्नोलॉजी का उपयोग ज्यादा-से-ज्यादा किया जाए और विजुअल के माध्यम से आधुनिक तरीके का इस्तेमाल किया जाए, जिससे बच्चे रटने की अपेक्षा मानसिक तौर पर विषय को अच्छी तरह से ग्रहण कर पाएँगे।

10. शिक्षा का पाठ्यक्रम इस प्रकार का होना चाहिए, जिससे कक्षा 10 के बाद विद्यार्थी सीधे रोजगारपरक शिक्षा की ओर जा सके। यानी कक्षा 10 के बाद जो विद्यार्थी अथवा उसके अभिभावक बच्चे को जिस प्रकार के रोजगार में ले जाना चाहते हों, उक्त बच्चे को उसी प्रकार की रोजगारपरक शिक्षा प्राप्त करने के अवसर प्रदान किए जाने चाहिए। जहाँ तक संभव हो, विभिन्न रोजगारपरक शिक्षा के पाठ्यक्रम उक्त स्कूलों में ही चलाए जाने चाहिए। छात्राओं के स्कूलों में भी उनसे संबंधित रोजगारपरक पाठ्यक्रम की बहुत संभावनाएँ हैं। उच्च शिक्षा केवल उन्हीं विद्यार्थियों को दी जानी चाहिए, जिन्हें आगे मेडिकल, इंजीनियरिंग, लॉ या रिसर्च इत्यादि की पढ़ाई करनी हो। माध्यमिक शिक्षा में देश में प्रचलित सामान्य कानूनों की जानकारी भी विद्यार्थी को अवश्य देनी चाहिए। प्राथमिक

व माध्यमिक शिक्षा में हिंदी, अंग्रेजी, गणित, सामान्य ज्ञान, भूगोल तथा इतिहास व आचार-व्यवहार की जानकारी होनी जरूरी है।

11. प्राइमरी व माध्यमिक शिक्षा के स्वरूप को ठीक करने में वर्तमान प्रबंध-प्रणाली को बदला जाना चाहिए। शिक्षा अधिकारियों की जगह आई.आई.एम. सरीखे संस्थानों से निकले योग्य कॉरपोरेट मैनेजर्स द्वारा सिस्टम का संचालन किया जाना चाहिए तथा पाठ्यक्रम निर्धारण हेतु बड़े-बड़े शिक्षाविदों की कमेटी का गठन कर उनसे राय लेनी चाहिए।

यदि सरकारी शिक्षा को उच्चकोटि का बनाना संभव नहीं हो तो हमें दूसरे विकल्प के लिए सोचना चाहिए। शिक्षा के अधिकार के लिए हम संकल्पबद्ध हैं, इसलिए पहले से ही प्राइमरी व माध्यमिक शिक्षा सरकारी स्कूलों में अथवा सरकार के सहयोग से चलने वाले स्कूलों में निःशुल्क है। बच्चों के लिए मिड डे मील की योजना भी लागू की गई है। योजना अच्छी होने के बावजूद हमने यह अनुभव किया है कि भ्रष्टाचार के कारण योजना के क्रियान्वयन में काफी कमियाँ हैं। प्राइवेट स्कूलों को बढ़ावा दिया जा सकता है। प्राइवेट स्कूलों को खोलने के लिए सोसाइटी या ट्रस्ट में खोलने के प्रतिबंध को समाप्त कर फर्म या कंपनियों में स्कूल खोलने की इजाजत देनी होगी तथा स्कूलों को कानूनी रूप से मुनाफा न कमाने वाली संस्था बनाए रखने पर रोक हटानी होगी, बल्कि स्कूल खोलने के लिए सस्ते दर पर ऋण उपलब्ध कराया जाना चाहिए तथा आयकर में छूट देनी चाहिए। इससे प्राइवेट स्कूलों में भ्रष्टाचार खत्म होगा तथा वे प्रतिस्पर्धात्मक बनेंगे। माध्यमिक तक के बच्चों के खाते में 2000 रुपए मासिक ट्रांसफर किया जाना चाहिए, जिससे अभिवावक अपने बच्चों को इच्छानुसार स्कूलों में पढ़ा सकें और उनके उचित पोषण की व्यवस्था कर सकें।

उच्च शिक्षा

भारतीय उच्च शिक्षा प्रणाली दुनिया की तीसरी सबसे बड़ी प्रणाली है। 2020-21 में उच्च शिक्षा में नामांकित कुल छात्रों की संख्या लगभग 4.14

करोड़ हो गई है। इंजीनियरिंग के मामलों में भारत ने अमरीका व चीन को भी पीछे छोड़ दिया है। आज देश में 2500 इंजीनियरिंग कॉलेज, 1043 यूनिवर्सिटी, 42303 डिग्री कॉलेज, 541 मेडिकल कॉलेज, 1400 पॉलिटेक्निक और 200 प्लानिंग तथा आर्किटेक्ट कॉलेज हैं। शिक्षा के क्षेत्र में भारत का सार्वजनिक व्यय सकल घरेलू उत्पाद का केवल 3 प्रतिशत है। भारत सरकार विदेशी विश्वविद्यालयों को भारत में परिसर स्थापित करने के लिए आमंत्रित कर रही है। पिछले 75 वर्षों में मैनेजमेंट की पढ़ाई में काफी कामयाबी मिली है। लेकिन वास्तविकता यह है कि कॉलेजों व यूनिवर्सिटी में गुणवत्तापूर्ण शिक्षा प्रदान करना एक चुनौती है। जॉब मार्केट की जरूरत के अनुसार कोर्स नहीं पढ़ाए जाते, जिससे छात्रों में हुनर नहीं आ पाता। छात्र डिग्री लेकर घूमते रहते हैं, लेकिन हुनर न होने के कारण उन्हें नौकरी नहीं मिल पाती। वहीं दूसरी ओर आवश्यकता होने के बावजूद इंडस्ट्री को पर्याप्त कर्मचारी नहीं मिल पाते।

2020 में लगभग 5 लाख छात्र उच्च शिक्षा के लिए विदेश गए। अगर भारत में उच्च शिक्षा का स्तर अमरीका व इंग्लैंड के विश्वविद्यालयों के स्तर का बनाया जाए तो इन छात्रों को बाहर जाने की आवश्यकता नहीं होगी। भारत का कोई भी शिक्षण संस्थान आज दुनिया के 200 उच्च शिक्षा संस्थानों की सूची में शामिल नहीं है। यदि उच्च शिक्षा और उसकी व्यावहारिकता पर विचार किया जाए तो वर्तमान उच्च शिक्षा-प्रणाली शिक्षित बेरोजगारों की एक बड़ी फौज प्रत्येक वर्ष तैयार कर रही है।

भारतीय शिक्षण संस्थानों में शिक्षकों की भारी कमी है। यहाँ तक कि आई.आई.टी. जैसे महत्त्वपूर्ण संस्थानों में भी 15 से 25 प्रशिक्षित शिक्षकों की कमी है। देश के 47 केंद्रीय विश्वविद्यालयों में शिक्षकों के 40 प्रतिशत पद खाली है। कई राज्य स्तरीय विश्वविद्यालयों के कॉलेजों में कई विभागों में एक भी शिक्षक नहीं हैं। देश के 20 प्रबंध संस्थानों को छोड़कर अन्य संस्थानों से निकले केवल 7 प्रतिशत छात्र ही नौकरी के योग्य हैं। राष्ट्रीय मूल्यांकन व प्रत्यायन परिषद् (नैक) का शोध बताता है कि देश के 90 प्रतिशत कॉलेज व 70 प्रतिशत विश्वविद्यालयों का स्तर बहुत कमजोर है।

इंफोसिस के संस्थापक नारायणमूर्ति कहते हैं कि अपनी शिक्षा-प्रणाली की बदौलत अमरीका ने सेमीकंडक्टर, सूचना तकनीक एवं बायोटेक्नोलॉजी के क्षेत्र में बड़ी तरक्की की है। इन सबके पीछे वहाँ के विश्वविद्यालयों में किए गए शोध कार्य का बहुत बड़ा हाथ है। दुनिया में विज्ञान एवं इंजीनियरिंग के क्षेत्र में होने वाले शोध में से एक तिहाई अमरीका में होते हैं। लेकिन भारत में केवल 3 प्रतिशत शोध प्रकाशित हो पाते हैं। ट्यूशन व कोचिंग की आवश्यकता इस बात का प्रमाण है कि हमारी प्रचलित शिक्षा अधूरी व दोषपूर्ण है। यदि भारत की बड़ी आबादी के 18 से 23 साल के युवक-युवतियों को ज्ञान व हुनर से लैस कर दिया जाए तो भारत एक वैश्विक शक्ति बन सकता है।

इसके लिए जरूरी है—

1. सरकार को शिक्षा के बजट को 3 प्रतिशत से बढ़ाकर 6 प्रतिशत करना चाहिए।
2. सरकार को शिक्षकों को प्रशिक्षित करने के लिए सहायता प्रदान करनी चाहिए, ताकि गुणवत्तापूर्ण शिक्षा प्रदान करने में वे सक्षम हो सकें।
3. अनुसंधान और नवाचार को प्रोत्साहित करना चाहिए।
4. कम आय की पृष्ठभूमि वाले छात्रों के लिए वित्तीय सहायता, छात्रवृत्ति प्रदान कर उनकी गुणवत्तापूर्वक शिक्षा तक पहुँच बनानी चाहिए।
5. विश्वविद्यालयों में कुलपतियों की नियुक्ति प्रक्रिया में राजनैतिक हस्तक्षेप समाप्त करना चाहिए। ताकि सरकार के उच्च पदों पर बैठे लोगों के इच्छापात्रों की जगह योग्य, प्रतिभावान, शिक्षाविद् ही कुलपति नियुक्त हो सकें।

□

भ्रष्टाचार एवं जनलोकपाल

भ्रष्टाचार एवं जनलोकपाल

"राजशक्ति के खिलाफ लोकशक्ति को मजबूत करना होगा। लोकशक्ति को मजबूत करने का यही तरीका है कि ग्राम सभा या उसके समानांतर ग्रासरूट की संस्थाओं को अधिकार संपन्न बनाया जाए। उन्हें सरकारी तंत्र पर निगरानी रखने, उनकी आलोचना करने तथा जवाब माँगने की शक्ति देनी होगी।"

भ्रष्टाचार से दुरूह होती जिंदगी से आम आदमी त्रस्त हो गया है। भ्रष्टाचार देश की आर्थिक जड़ों में दीमक की तरह लग चुका है। तहसील से लेकर डी.एम. कार्यालय तक, नगरपालिका, विकास प्राधिकरण, वी.डी.ओ., लेखपाल तक बगैर घूस के काम नहीं होता। जनता की भलाई के नाम पर बनाई गई विभिन्न योजनाओं के लिए आवंटित धन का नौकरशाहों, ठेकेदारों एवं नेताओं में बंदरबाँट हो रहा है। छात्रवृत्ति, विधवा धन, पेंशन में घोटाला, जमीन में घोटाला, संचार में घोटाला। जनता के खून-पसीने की गाढ़ी कमाई की लूट हो रही है। थाने पर एफ.आई.आर. दर्ज नहीं होती। न्याय बिक रहा है। पेट्रोल में मिलावट हो रही है। किसान को लोन लेने के लिए घूस देनी पड़ती है। परिवहन विभाग में बगैर घूस काम नहीं होता है। स्कूल के दाखिले में भ्रष्टाचार, अस्पतालों में भ्रष्टाचार, राशन कार्ड बनाने के लिए, पुलिस रिपोर्ट लगाने के लिए, नक्शा पास कराने के लिए, गुड्स एवं सर्विस टैक्स, आयकर

विवरणी दाखिल करने के लिए, उन्हे मंजूर कराने के लिए बगैर घूस के काम नहीं होता। जीवन का हर स्तर भ्रष्टाचार के दानव का शिकार है।

दो प्रधानमंत्रियों राजीव गांधी व अटल बिहारी वाजपेयी ने यह स्वीकार किया था कि जनता के धन का 85 प्रतिशत भ्रष्टाचार की भेंट चढ़ जाता है। बावजूद उसके आज तक कोई ठोस उपाय करने का प्रयास नहीं किया गया।

भ्रष्टाचार से लड़ने के लिए पहले इसके मूल में जाना होगा। समाज में अलग-अलग क्षेत्रों में व्यवस्था चलाने के लिए विभिन्न कानून बनाए गए हैं। भारी-भरकम सरकारी अमला उनके नियंत्रण में लगा है। यदि वह अमला स्वयं भ्रष्ट न हो तो सभी कार्य व्यवस्थित तरीके से हो सकते हैं। यानी मूलरूप से भ्रष्टाचार सरकारी तंत्र का है, जिसके कारण जनता दिन-प्रति-दिन पिसती रहती है। सरकारी तंत्र में भ्रष्टाचार निम्न बातों से पैदा होता है—

1. विभिन्न दोषपूर्ण कानूनों द्वारा अधिकारियों को प्रदत्त असीमित अधिकार भ्रष्टाचार का पोषण करते हैं।
2. अव्यावहारिक व जटिल कर कानून कर की चोरी तथा कर संग्रह करने में भ्रष्टाचार बढ़ाता है।
3. विभिन्न योजनाओं व सरकारी खर्चों पर प्रभावी अंकुश न स्थापित करने तथा जवाबदेही तय न किए जाने से भ्रष्टाचार बढ़ता है।

एक ओर यह तर्क हो सकता है कि जनता स्वयं घूस देना तथा उसके एवज में लाभ लेना बंद कर दे तो भ्रष्टाचार समाप्त हो जाएगा। जैसे बिजली का बिल ज्यादा आ गया तो लोग उसे कम कराना चाहेंगे, इसके लिए लोग घूस के रूप में अधिकारी की जेब भरते हैं। ट्रैफिक पुलिस ने गाड़ी गलत चलाते समय पकड़ लिया तो लोग रिश्वत देकर छूटना चाहते हैं। रेलवे में बर्थ लेने के लिए लोग टी.टी. को शुकराना देते हैं। बच्चे को नकल कराने के लिए एवं पास कराने के लिए लोग अध्यापक को शुकराना देते हैं। यानी जनता भ्रष्टाचार का संरक्षण माँगती है और अधिकारी को भ्रष्ट होने का अधिकार देती है।

वहीं दूसरी ओर कुछ सरकारी अधिकारी जबराना वसूल करते हैं, कानून के जंजाल का फायदा उठाकर, बिना घूस के कार्य ही नहीं करते। जैसे बिक्री

कर अधिकारी एवं अन्य कर अधिकारी मनमाने तरीके से छोटे-छोटे तकनीकी कारणों से बड़ा-बड़ा कर आरोपित कर देते हैं। पुलिस के थाने छोटे-छोटे मामलों में जनता को फँसाने का प्रयास करते हैं। विकास प्राधिकरण नक्शा पास कराने के लिए नियम कानूनों का नाटक करते हैं और जनता मजबूर होकर उनकी जेबें भरती है।

इसलिए भ्रष्टाचार की जड़ में व्यवस्था सर्वोपरि है और जिसके बदले बिना भ्रष्टाचार की लड़ाई नहीं लड़ी जा सकती है।

यदि हम सरकार व कॉरपोरेट की तुलना करते हैं तो यह पाते हैं कि दोनों ही जगह भारी संख्या में कर्मचारी कार्य कर रहे हैं, लेकिन कॉरपोरेट में भ्रष्टाचार नगण्य पाया जाता है, वहीं सरकारी विभाग में भ्रष्टाचार अपनी चरम सीमा पर है। इसका सबसे बड़ा कारण है कि कॉरपोरेट में एक कल्चर काम करता है और सरकार में सामंतशाही प्रवृत्ति काम करती है। अंग्रेजों के जमाने से ही जो आई.सी.एस. की व्यवस्था बनी थी। स्वतंत्र भारत में आई.सी.एस. का स्थान आई.ए.एस. ने ले लिया और उन्हीं से ट्रेनिंग लेकर नौकरशाही ने अपने आप को जनता का मालिक बना लिया। जहाँ कारपोरेट में गलत पाए जाने पर प्रबंध करने वाले लोगों को काररवाई का डर रहता है, वहीं सरकार में अधिकारसंपन्न अधिकारियों को काररवाई की कोई चिंता नहीं होती।

सरकारी विभाग के भ्रष्टाचार पर यदि हम गहन अध्ययन करें तो केंद्र सरकार व राज्य सरकार के कुल कर्मचारियों की संख्या शहस्त्र बल एवं पब्लिक सेक्टर को लेकर लगभग 2 करोड़ होगी, जबकि 1 करोड़ 75 लाख कर्मचारियों के पास भ्रष्टाचार करने का कोई तरीका नहीं होता। यानी कुल 25 लाख कर्मचारी, जो पूरे भारत की जनसंख्या के केवल 0.2 प्रतिशत हैं, जो सीधे जनता के संपर्क में आते हैं और जिनके द्वारा लिये गए निर्णय या काररवाई से जनता सीधे प्रभावित होती है, ने एक ऐसा भ्रष्टतंत्र तैयार कर लिया है, जो नीचे से ऊपर तक जुड़ा है तथा जिसने पूरे देश को खोखला कर दिया है। वे नागरिकों का उत्पीड़न करते हैं तथा देश का सारा खजाना लूट रहे हैं। ये वे लोग हैं, जिनके कारण देश की सारी व्यवस्था ध्वस्त हो गई है, इन्हीं

के कारण देश से गरीबी समाप्त नहीं हो पाई है और लोग न्याय से वंचित हैं। भ्रष्टाचार को रोकने के लिए केवल 25 लाख लोगों के लिए कड़े नियम बनाने जरूरी हैं, उनकी जवाबदेही तय करना जरूरी है तथा उनके लिए कठोर दंड का प्रावधान करना जरूरी है, ताकि उन्हें काररवाई का डर महसूस हो सके।

जितने कानून होंगे, जितने अधिकारसंपन्न अधिकारी होंगे, उतना ही शोषण व भ्रष्टाचार बढ़ेगा। आजादी का मकसद था शोषणरहित सत्तामुक्त समाज की स्थापना। सत्ता का समाज पर कम-से-कम दबाव। आखिर कानून बनते कैसे हैं। 15 प्रतिशत कुल वोटर के चुने हुए प्रतिनिधि हाथ उठाकर कानून पास कर देते हैं। कानून बनाते हैं संबंधित विभाग के विधि कर्मचारी। संसद् में बनाए गए तमाम कानूनों में जनता के खिलाफ अधिकारियों को असीमित अधिकार देकर भ्रष्टाचार को पल्लवित व पोषित किया है। जब तक कानूनों की पुनः समीक्षा नहीं होगी तथा इन पर व्यापक बहस कर इन्हें सुधारा नहीं जाएगा, जब तक कानूनों का जाल खत्म नहीं होगा, नौकरशाहों के अधिकार कम नहीं होंगे, कर संग्रह के जटिल नियम सरल व न्यायोचित नहीं बनाए जाएँगे, सरकारी खरीद व वितरण-व्यवस्था सही नहीं बनाई जाएगी, कर्मचारियों की जवाबदेही तय नहीं की जाएगी, तब तक भ्रष्टाचार खत्म नहीं हो सकता।

वास्तव में लोकपाल का अर्थ होता है—लोक का प्रहरी। यानी जो जनता से जुड़ी हर बात की निगरानी रख सके। जिससे हर स्तर पर जवाबदेही तय की जा सके। आज गाँव-गाँव में बच्चे शिक्षित हो रहे हैं, जागरूक हो रहे हैं। अब आंतरिक लोकतंत्र को मजबूत करने का समय आ गया है। अब ऐसी व्यवस्था बनाई जानी चाहिए, जिससे सरकार द्वारा संचालित की जाने वाली योजनाओं व खर्चों की जनता स्वयं निगरानी करे।

मैं समझता हूँ कि राजशक्ति के खिलाफ लोकशक्ति को मजबूत करना होगा। लोकशक्ति को मजबूत करने का यही तरीका है कि ग्राम सभा या उसके समांतर ग्रासरूट की संस्थाओं को अधिकार संपन्न करना होगा। उन्हें सरकारी तंत्र की निगरानी रखने, उनकी आलोचना करने तथा जवाब माँगने

की शक्ति देनी होगी, लेकिन इस बात का ध्यान रखना होगा कि उन्हें आर्थिक ताकत न प्रदान की जाए, ताकि उन संस्थाओं के स्वयं भ्रष्ट होने का कारण न पैदा हो सकें।

कुछ विभागों के भ्रष्टाचार तथा उन पर नियत्रंण के निम्न उपाय हैं।

परिवहन विभाग—परिवहन विभाग में व्यापक स्तर पर भ्रष्टाचार विद्यमान है। गाड़ियों के रजिस्ट्रेशन में, ड्राइविंग लाइसेंस बनाने में, फिटनेस प्रमाण-पत्र देने में, रजिस्टेशन ट्रांसफर में, परमिट देने में तथा रोड पर लोड चेकिंग में भारी धन की लूट हो रही है। इसके लिए निम्न उपाय करने होंगे—

1. गाड़ी के विक्रेताओं द्वारा ऑनलाइन फर्म का नाम, पता, निर्माता का अधिकार-पत्र आदि विभाग में जमा करने पर 24 घंटे में उसका रजिस्ट्रेशन कर सूचना देना अनिवार्य होना चाहिए।
2. गाड़ियों के रजिस्टेशन हेतु ज्यादातर जगह ऑनलाइन शुल्क जमा करने की प्रक्रिया शुरू हो चुकी है, लेकिन अन्य कागजात जमा कर रजिस्ट्रेशन सर्टिफिकेट प्राप्त करने के लिए विक्रेता एवं ग्राहकों को दलालों का सहारा लेना पड़ता है तथा विभाग द्वारा तय घूस देकर ही रजिस्ट्रेशन प्राप्त किया जा सकता है। गाड़ियों को परिवहन विभाग तक न लाना पड़े, इसके लिए घूस देनी पड़ती है। अतः यह व्यवस्था करनी चाहिए कि विक्रेता गाड़ी बेचने के साथ-ही-साथ ग्राहक को रजिस्ट्रेशन सर्टिफिकेट उपलब्ध करा दें तथा गाड़ी के सभी कागजात विभाग में प्रत्येक महीने विवरणी के साथ दाखिल कर दें।
3. गाड़ियों की 10 वर्ष तक फिटनेस प्रमाण-पत्र की कोई आवश्यकता नहीं होनी चाहिए और यदि आवश्यक हुआ भी तो यह प्रमाण-पत्र विक्रेता के टेक्निकल इंजीनियर द्वारा दिया जाना चाहिए।
4. गाड़ियों के परमिट हेतु नियम सरल किए जाने चाहिए।
5. ट्रैफिक पुलिस द्वारा रोड पर चेकिंग के नाम पर भारी लूट हो रही है। विभागीय कर्मचारी मोटी घूस लेकर रोड पर ओवरलोड वाहन

चलवाते हैं, जिससे सड़कें क्षतिग्रस्त हो रही हैं, प्रदूषण बढ़ रहा है तथा दुर्घटना की संभावनाएँ बढ़ती हैं।

जगह-जगह लोड चेकिंग के यंत्र लगाए जाने चाहिए और ओवरलोड होने की अवस्था में यांत्रिक मशीन द्वारा भारी जुर्माना लगाए जाने की व्यवस्था की जानी चाहिए।

गुड्स एवं सर्विस टैक्स व आयकर विभाग—विभिन्न कर संबंधित विभागों में भी व्यापक स्तर पर भ्रष्टाचार व उत्पीड़न होता है। इन विभागों में उद्यमी तथा व्यापारी द्वारा जमा किए गए कर की हर महीने विवरणी दाखिल की जाती है। मगर विभाग के अधिकारियों को यह अधिकार होता है कि वह व्यापारी के रिटर्न को स्वीकार करे या नहीं। विभागीय अधिकारी व्यापारी को नोटिस देकर असेसमेंट के लिए बुलाते हैं और छोटे-छोटे तकनीकी कारणों को आधार बनाकर उन पर बड़े-बड़े कर आरोपित कर देते हैं। कर अधिकारियों द्वारा उत्पीड़न के डर से व्यापारी उन्हें मोटी रकम देने के लिए बाध्य होते हैं। ज्यादती होने पर व्यापारी को अपील या ट्रिब्यूनल तक दौड़ना पड़ता है, वहाँ भी मोटी रकम देकर ही उसे मुक्ति मिलती है।

अतः सबसे पहले जरूरी है कि अधिकारी के अधिकारों पर अंकुश लगाया जाए तथा उनकी जवाबदेही तय की जाए। बगैर निश्चित जानकारी के व्यापारी का असससमेंट बंद किया जाए। उसके द्वारा दाखिल विवरणी को अंतिम माना जाए। और यदि असेसमेंट करने या जाँच करने की आवश्यकता हुई तो अधिकारी को उच्च अधिकारी से अनुमति लेने की आवश्यकता होनी चाहिए तथा उसके लिए भी पर्याप्त कारण होने चाहिए। असेसमेंट करते समय यदि अधिकारी व्यापारी पर कर आरोपित करता है, यानी उस पर चोर होने का आरोप लगाता है, तब यदि अपील के समय व्यापारी को छूट मिल जाती है तो ऐसी अवस्था में अधिकारी द्वारा कर आरोपित किए जाने को व्यापारी के प्रति उत्पीड़न की काररवाई माना जाना चाहिए और अधिकारी को दंडित करने के मापदंड बनाए जाने चाहिए, इसके अतिरिक्त केवल एक वर्ष का ही असेसमेंट का अधिकार होना चाहिए। वर्तमान में अधिकारी 8 वर्ष

तक व्यापारी के खाते खोलकर उसे परेशान कर धन उगाही कर सकता है।

विकास प्राधिकरण—ज्यादातर विकास प्राधिकरण अपने द्वारा घोषित विकास क्षेत्रों में कोई विकास कार्य नहीं कर रहे हैं। न तो सड़कें बनाई जा रही हैं, न ही सीवर लाइनें डाली जा रही हैं, न ही योजना अनुसार आवासीय कॉलोनियाँ एवं व्यावसायिक क्षेत्र विकसित किए जा रहे हैं, न ही भूमि का प्रबंध कर प्लॉट बनाए जा रहे हैं। जिसके कारण अवैध कॉलोनियों का विस्तार होता जा रहा है तथा जनता अपनी आवश्यकतानुसार अनियंत्रित विकास कर रही है। प्राधिकरण के आधिकारी केवल घूसखोरी कर अनियंत्रित विकास को बढ़ावा दे रहे हैं।

विकास प्राधिकरणों में नक्शा पास करने की प्रक्रिया काफी जटिल है, जिससे नागरिकों को काफी परेशानी का सामना करना पड़ता है। इससे भ्रष्टाचार को बढ़ावा मिलता है तथा शहरों में अनियंत्रित अवैध निर्माण होते हैं। नक्शों के लिए सरल व व्यावहारिक नियम बनाए जाने चाहिए तथा निश्चित मानक जनता के लिए प्रकाशित कर दिए जाने चाहिए। उन मानकों के तहत निर्माण कराए जाने पर नक्शा पास कराए जाने की कोई आवश्यकता नहीं होनी चाहिए। निर्माण के पूर्व तथा पश्चात् केवल विभाग को उसकी सूचना देनी आवश्यक होनी चाहिए, ताकि प्राधिकरण द्वारा समय-समय पर जाँच की जा सके। भू-उपयोग के दुरूह नियमों से भी भ्रष्टाचार को बढ़ावा मिलता है तथा विकास कार्य प्रभावित होते हैं। अतः इससे संबंधित नियम सरल किए जाने चाहिए। सरकारी खजाने में भारी-भरकम धन जमा करके भू-उपयोग बदलने पर रोक लगाई जानी चाहिए। विशेषकर मास्टर प्लान में दरशाए गए आवासीय इलाकों में मुख्य सड़क के किनारे व्यावसायिक भवन, शो रूम आदि स्थापित करने की छूट होनी चाहिए।

इस बात पर ध्यान देना चाहिए कि यदि शहरों में अवैध तरीकों से अथवा बगैर नक्शा पास कराए निर्माण किए गए हैं तो इसके लिए जिम्मेदार कौन है? नए अधिकारियों के बदलने पर जहाँ एक ओर नाटक के तौर पर कुछ भवनों पर हथौड़े चलाए जाते हैं, वहीं दूसरी ओर विभागीय अधिकारी अपने क्षेत्रों

में स्वयं मोटी रकम लेकर अवैध निर्माण को बढ़ावा देते हैं। अतः पूर्व में बन चुके भवनों पर हथौड़ा चलाए जाने के बजाय उन अधिकारियों को चिह्नित कर कड़ी काररवाई करनी चाहिए, जिसके समय में उक्त अवैध निर्माण किया गया हो। केवल उन्हीं भवनों पर काररवाई की जानी चाहिए, जिन्होंने सरकारी जमीन पर अथवा सड़क पर अतिक्रमण कर निर्माण कर लिया है।

बिजली विभाग—नए नगरों में बिजली के तार भूमिगत करने चाहिए तथा पुराने नगरों में भी तारों को भूमिगत किया जाना चाहिए। बिजली विभाग द्वारा बिजली के नए कनेक्शन लेने, लोड बढ़ाने तथा मीटर लगवाने के नाम पर मोटी धनराशि वसूल की जाती है। इस भ्रष्टाचार व उत्पीड़न को पूरी तरह समाप्त करना होगा। कनेक्शन लगवाने का कोई शुल्क नहीं लिया जाना चाहिए। बिजली विभाग पूरी तरह व्यावसायिक विभाग है। बुनियादी ढाँचे के लिए उपभोक्ता से रुपया वसूलना गलत है। विभाग केवल गारंटी शुल्क जमा करा सकता है तथा उसे उपभोक्ता से केवल उतने ही बिल का भुगतान लेना चाहिए, जितनी बिजली वास्तविक रूप में उपभोग की गई हो। न्यूनतम शुल्क लेने की प्रथा को खत्म करना चाहिए।

कनेक्शन हेतु आवेदन किए जाने पर 24 घंटे में कनेक्शन दिया जाना अनिवार्य किया जाना चाहिए। घरेलू तथा व्यावसायिक कनेक्शन में बिजली के मूल्य में कोई अंतर नहीं होना चाहिए। आखिर व्यावसायिक उपभोग कर उपभोक्ता कोई अधर्म नहीं कर रहा है, वह विकास कार्य में अपनी भूमिका अदा करता है। घरेलू उपभोग के उपभोक्ता पर एक न्यूनतम बिजली का उपयोग करने पर पूर्णतया कुछ छूट दी जा सकती है। बिजली के बिलों में किसी प्रकार का सरचार्ज इत्यादि नहीं लगाना चाहिए।

उद्योगों में बिजली की चोरी बगैर बिजली कर्मचारी की मिलीभगत के नहीं हो सकती है। अतः बिजली की चोरी पकड़ने के लिए प्रत्येक औद्योगिक संस्थानों के सब स्टेशन पर बड़ा मीटर लगाया जाना चाहिए, जिससे पूरे संस्थान में कितनी बिजली दी गई है, इसका पता लगाया जा सके। यदि कुल दी गई बिजली के यूनिट के बराबर अलग-अलग उद्योगों को किए गए बिल

की यूनिट बराबर नहीं है, तो ऐसी अवस्था में संबंधित अधिकारी के खिलाफ कारखाई की जानी चाहिए और जाँच द्वारा चोरी में लिप्त यूनिट के खिलाफ सख्त कारखाई की जानी चाहिए।

सड़क एवं भवन-निर्माण—सड़क एवं भवन-निर्माण में बहुत बड़ा घोटाला किया जा रहा है। सरकार पुराने अनुभवों को देखते हुए ऐसे निर्माण के ठेके बड़ी-बड़ी कंपनियों को दे देती है, जो अपना मुनाफा तय कर छोटे-छोटे ठेकेदारों को काम बाँट रहे हैं। इस प्रकार निर्माण लागत काफी बढ़ जाती है, इसी प्रकार भवन-निर्माण में पी.डब्ल्यू.डी. तथा आवास-विकास परिषद् आदि द्वारा घोषित रेट वास्तविकता से बहुत ज्यादा हैं। अत: आवश्यक है कि सड़क, पुल एवं भवन-निर्माण के लिए निर्माण लागत की सूक्ष्मता से समीक्षा की जाए तथा वास्तविक लागत पर एक निश्चित मुनाफा तय कर निविदा दी जाए। इससे निर्माण लागत में काफी कमी आएगी तथा घूसखोरी पर भी प्रतिबंध लगेगा। प्रत्येक सरकारी निर्माण की जाँच के लिए विभाग से हटकर एक जाँचतंत्र की स्थापना की जानी चाहिए, जो समय-समय पर गुणवत्ता की जाँच करती रहे।

इसी प्रकार अन्य विभागों, जैसे सप्लाई विभाग, ड्रग इंस्पेक्टर, श्रम विभाग, शिक्षा विभाग एवं स्वास्थ्य विभाग तथा राजस्व विभाग इत्यादि पर उनके अधिकार कम करके तथा सरल नियम बनाकर ही भ्रष्टाचार को समाप्त किया जा सकता है।

□

सांप्रदायिक सौहार्द

सांप्रदायिक सौहार्द

"सांप्रदायिकता भारत के राष्ट्रीय एकीकरण की सबसे बड़ी बाधा है, क्योंकि यह विचारधारा अन्य समुदायों के विरुद्ध अपने समुदाय की एकता एवं आवश्यकता पर जोर देती है तथा अन्य धर्मों के प्रति नफरत को बढ़ावा देती है।"

अपने संप्रदाय या धर्म को श्रेष्ठ मानते हुए दूसरे संप्रदाय या धर्म को गलत ठहराना या उससे द्वेष रखना सांप्रदायिकता है। यह ऐसी परिस्थितियाँ उत्पन्न कर देती है, जिसमें व्यक्ति किसी अन्य धर्म या संप्रदाय के विरोध में अपना वक्तव्य प्रस्तुत करता है या उसकी आलोचना करता है। सांप्रदायिकता का तात्पर्य उस संकीर्ण मनोवृत्ति से है, जो धर्म व संप्रदाय के नाम पर पूरे समाज व राष्ट्र के व्यापक हितों के विरुद्ध व्यक्ति को केवल अपने द्वारा माने जाने वाले व्यक्तिगत धर्म, आस्था या पूजा-पद्धति को प्रोत्साहित करने तथा संरक्षण देने की भावना को महत्त्व देती है। प्राचीन काल में भी समाज विभिन्न वर्गों व धर्मों में विभक्त था। मगर सांप्रदायिकता के आधार पर हिंसा का कोई उल्लेख नहीं मिलता है। भारत में सांप्रदायिकता के वर्तमान स्वरूप की जड़ें अंग्रेजों के आगमन के साथ ही भारतीय समाज में स्थापित हुईं। अंग्रेजों द्वारा 'फूट डालो, राज करो' की नीति के माध्यम से अपने हितों की पूर्ति की गई और उसके लिए समय-समय पर सांप्रदायिक

कार्ड का प्रयोग किया गया। सांप्रदायिकता के नाम पर राजनीति का क्रम आजादी के बाद भी नहीं रुका। आज तक भारत की राजनीति में यह प्रभावी है। विभिन्न राजनैतिक दलों द्वारा अपने राजनीतिक लाभ के लिए सांप्रदायिक कार्ड का सहारा लिया जाता है।

विकास के असमान स्तर, गरीबी, बेरोजगारी, वर्ग-विभाजन आदि सामान्य लोगों में असुरक्षा का भाव उत्पन्न करती है, जिसके परिणामस्वरूप विभिन्न धर्मों, जातियों, वर्गों द्वारा राजनैतिक दलों का गठन होता रहा है और केवल अपने वर्ग, धर्म, संप्रदाय या जाति के समूह द्वारा बनाए गए राजनीतिक पार्टी द्वारा पूरे समाज को नियंत्रित करने का प्रयास किया जाता है। जिसके परिणामस्वरूप प्रतिद्वंद्वी समूहों में तनाव बढ़ता है।

भारत में ब्रिटिश साम्यराजवाद के विकास में जितना हाथ अंग्रेजों की कुटिल चालों का रहा है, उतना ही हिंदुओं और मुसलमानों के बीच राजनीतिक संघर्षों का भी। विभिन्न वर्गों की सत्ता की महत्वाकांक्षा के कारण ब्रिटिश हुकूमत कांग्रेस व मुसलिम लीग के बीच मदारी की भूमिका रचता रहा। ब्रिटिश सरकार ने कभी हिंदुओं को खुश करने के लिए मुसलमानों की उपेक्षा की तो कभी हिंदुओं के विकास एवं आधुनिकीकरण के कारण मुसलमानों को विशेष रियायतें देने का प्रयास किया। 1947 में सांप्रदायिकता के आधार पर देश का विभाजन अंग्रेजों की कूटनीति का परिणाम था।

इस विभाजन ने भारतीय व पाकिस्तानी समाज में वैमनस्य को चरम पर पहुँचा दिया। विभाजन की हिंसा से लाखों लोगों को अपनी संपत्ति, कारोबार, परिवार को छोड़कर भागना पड़ा। लाखों की हत्याएँ हुईं। महिलाओं के साथ दुर्व्यवहार हुआ। अपने लोगों का कत्लेआम लोगों की स्मृतियों में बना रहा। इस मानसिकता के कारण आज छोटी सी घटना बड़ा रूप ले लेती है। विभिन्न संप्रदाय के लोगों का एक-दूसरे पर से विश्वास टूट चुका है। स्वतंत्रता-प्राप्ति व विभाजन के पूर्व एवं पश्चात् भारत में कई राजनैतिक दलों व संगठनों का गठन धार्मिक आधार पर हुआ है।

दुर्भाग्यवश इन संगठनों ने अपने निहित स्वार्थों की पूर्ति के लिए धार्मिक

आधार पर राजनीति करना प्रारंभ किया, जिससे वर्ग विशेष में अलगाववादी प्रवृत्ति विकसित हुई। सरकारों द्वारा वर्ग विशेष के लोगों की उचित या अनुचित माँगों को मानना उन्हें विशेष रियायतें देना या विशेषाधिकार देने के कारण अन्य संप्रदायों में ईर्ष्या की भावना पैदा होना स्वाभाविक है। यह तुष्टीकरण विभिन्न जातियों व वर्गों में तनाव का बड़ा कारण है।

सांप्रदायिकता भारत के राष्ट्रीय एकीकरण की सबसे बड़ी बाधा है, क्योंकि यह विचारधारा अन्य समुदायों के विरुद्ध अपने समुदाय की एकता व आवश्यकता पर जोर देती है तथा अन्य धर्मों के प्रति नफरत को बढ़ावा देती है, जो समाज को विभाजन की ओर अग्रसर करती है।

सोशल मीडिया एवं पत्रकारों द्वारा छोटी-छोटी बातों को बढ़ा-चढ़ाकर प्रदर्शित करने के कारण भी सांप्रदायिक तनाव बढ़ता है।

सांप्रदायिक हिंसा व सांप्रदायिक दंगों में भी अंतर होता है। सांप्रदायिक हिंसा वह होती है, जब एक धर्म को मानने वाले लोगों में किसी अन्य धर्म को मानने वालों के प्रति घृणा पैदा होती है और प्रतिकार के रूप में वे उन्हें मिटाने की कोशिश करते हैं और सामूहिक रूप से उन पर आक्रमण करते हैं।

सांप्रदायिक दंगे तब होते हैं, जब दो समुदाय आपस में टकरा जाते हैं और एक-दूसरे को क्षति पहुँचाते हैं। सांप्रदायिकता धर्म को हथियार बनाती है और लोगों की भावनाओं को भड़काकर सांप्रदायिक दंगे कराती है।

वास्तव में सांप्रदायिकता-जैसी विकृत भावना का धर्म से कोई संबंध नहीं है। यह एकमात्र लोगों को भड़काकर सत्ता में बने रहने का हथियार है।

भारत में सांप्रदायिक हिंसा के कई उदाहरण हैं

वर्ष 1919 में जलियाँवाला बाग कांड के बाद ब्रिटिश सरकार ने सांप्रदायिक दंगों का खूब प्रचार किया। इसके असर से 1924 में कोहाट में बहुत अमानवीय ढंग से हिंदुओं और मुसलमानों के बीच हिंसा हुई। उस समय शहीद भगत सिंह ने अपने विचार व्यक्त करते हुए लिखा था—"भारत की दशा काफी दयनीय है। एक धर्म के अनुयायी दूसरे धर्म के अनुयायियों

के कट्टर दुश्मन हैं। यह मारकाट इसलिए नहीं की गई है कि कौन दोषी है। वरन् इसलिए की गई कि कोई हिंदू है या कोई मुसलमान है या सिक्ख है। बस किसी व्यक्ति का दूसरे धर्म का होना ही उसकी जान लेने का पर्याप्त तर्क था।" भगत सिंह ने उस समय के नेताओं तथा मीडिया पर भी सवाल उठाया था। उनके हिसाब से सांप्रदायिक हिंसा का कारण आर्थिक भी था। उन्होंने धर्म को राजनीति से अलग रखने की सलाह दी थी।

1984 में इंदिरा गांधी के मरने पर सिखों के विरुद्ध हिंसा हुई। इंदिरा गांधी के अंगरक्षकों ने उनकी हत्या की थी। केवल इस बात के लिए कि वे सिख थे। सारे देश के सिखों पर हमले किए गए। केवल दिल्ली में 2800 सिख मारे गए और देश भर में 3350 सिखों की हत्या हुई।

इसी प्रकार 1989 में कश्मीर में पंडितों के निष्कासन तथा 2002 में गुजरात में और 2013 में मुजफ्फरनगर में भारी हिंसा हुई।

13 अगस्त, 1980 को मुरादाबाद में ईदगाह में ईद की नमाज के बाद हिंसा भड़की थी। उस वक्त नमाजियों के बीच सुअर घुस जाने की अफवाह के बाद ईदगाह में भगदड़ मच गई थी। उत्तेजित नमाजियों ने पहले पुलिस को निशाना बनाया, फिर हिंदू उनके टारगेट पर आ गए। देखते-देखते इस हिंसा ने हिंदू-मुसलिम दंगे का रूप ले लिया। ये दंगे लगभग पाँच महीने तक चले थे। देश की सबसे बड़ी सांप्रदायिक हिंसा 1947 में भारत व पाकिस्तान के विभाजन पर हुई थी। 1992 में बाबरी मसजिद विध्वंस के बाद देशभर में सांप्रदायिक हिंसा हुई। लेकिन यदि हम सांप्रदायिक दंगों के इतिहास पर नजर डालते हैं तो यह पाते हैं कि ज्यादातर दंगे, सांप्रदायिक दंगे विशेष समुदाय द्वारा धार्मिक जुलूस निकालने पर हुआ करते हैं।

भारतीय इतिहास धार्मिक जुलूसों के उदाहरणों से भरा है। जिसके कारण सांप्रदायिक झगड़े, दंगे, अक्षम्य हिंसा, आगजनी व संपत्ति विनाश तथा निर्दोष निवासियों की दुःखद मौतें हुईं। उदाहरण के तौर पर यूपी के बरेली में पैगंबर साहब के जन्मदिन के मौके पर जुलूस निकालने पर एक विशेष मार्ग से जुलूस निकालने की आपत्ति पर भयानक हिंसा हुई।

शोलापुर में 1925 और 1927 में रथ जुलूस के अवसर पर सांप्रदायिक दंगे हुए। 1927 और 1966 में गणेश विसर्जन के दौरान जुलूस में दंगे हुए।

1970 में भिवंडी में शिव जयंती के जुलूस के दौरान दंगे हुए। परिणामस्वरूप जलगाँव व महाड़ भी जल उठा। 43 लोगों की जानें गईं, यह पाया गया है कि जुलूस के दौरान एक वर्ग दूसरे संप्रदाय के लोगों को भड़काता तथा लज्जित करता है, जिसके कारण दंगे होते हैं।

कोटा राजस्थान का एक ऐसा शहर है, जिसमें 1947 में या उसके बाद भी पाँच दशकों से कोई दंगा नहीं देखा था। वहाँ सन् 1989 में गणेश विसर्जन के दौरान दंगा भड़का, जिसमें 20 जानें गईं। हजारों रेहड़ी-पटरी वालों तथा व्यापारियों के कारोबार जला दिए गए।

1989 में भागलपुर का दंगा रामशिला जुलूस के कारण हुआ। इंदौर में रामशिला शोभायात्रा पर हुए हमले में भड़के दंगों के कारण 30 लोगों की जानें गईं। कोटा में अनंत चतुर्दशी के दिन हिंदुओं की शोभायात्रा के दौरान हमलों के कारण दंगे भड़के। ओडिशा के भद्रक में रामनवमी के जुलूस पर मुसलिम भीड़ ने हमला कर दिया, जिसमें डेढ़ दर्जन लोगों की मौत हुई। जयपुर में रथयात्रा के दौरान हमलों में भड़की हिंसा में 52 लोग तथा जोधपुर में 20 लोगों की मौत हुई।

दिल्ली के नांगलोई इलाके में मोहर्रम के दौरान जुलूस निकाले जा रहे थे, एक-दो आयोजक बेकाबू हो गए और उन्होंने जो पहले से रूट तय था, उसे बदलने की कोशिश की। जब पुलिस ने इसका विरोध किया, तो उन्होंने पुलिस पर पथराव शुरू कर दिया। इसके बाद बसों, निजी कारों और सार्वजनिक वाहनों को काफी नुकसान हुआ तथा कई लोग घायल हुए।

1991 में बनारस में माँ काली की शोभायात्रा में किसी विशेष क्षेत्र से जुलूस निकालने पर मुसलिम पक्ष को आपत्ति हुई, इसके बाद दंगे हुए और 50 से ज्यादा लोगों की मौतें हुईं। अक्तूबर 1992 में हिंदू शोभायात्रा के दौरान दंगों में 44 लोग मारे गए। हाल ही में वाराणसी में ताजिया जुलूस निकाले जाने के दौरान शिया व सुन्नी संप्रदाय आपस में भिड़ गए, 50 से ज्यादा लोग

घायल हो गए। 12 गाड़ियाँ तोड़ दी गईं।

हाल ही में हरियाणा के मेवात के हिंदू संगठनों के द्वारा 'ब्रज मंगल यात्रा' के दौरान दो गुटों में भारी टकराव हुआ। पत्थरबाजी हुई। देखते-देखते पचासों गाड़ियाँ आग के हवाले कर दी गईं, दो होमगाड्र्स और एक नागरिक की मौत हुई।

धार्मिक एकता एवं सांप्रदायिक सद्भाव के लिए आवश्यक है कि हम अपने-अपने धार्मिक ग्रंथों के वास्तविक संदेश को समझें। उनके स्वार्थपूर्ण अर्थ न निकालें। विभिन्न धर्मों के आदर्शों को संगृहीत किया जाए। प्राथमिक व माध्यमिक कक्षाओं में उनके अध्ययन की व्यवस्था की जाए, जिसमें भावी पीढ़ी उन्हें अपने आचरण में उतार सके। संसार के समक्ष ऐसा उदाहरण पैदा कर सके कि भारतवंशी सभी धर्मों एवं संप्रदायों को महान् मानते हैं और समान दृष्टि से देखते हैं। बच्चों को यह शिक्षा दी जानी चाहिए कि हमारा देश विविधताओं वाला देश है। यह अलग-अलग संप्रदायों को मानने वाला, अलग-अलग पूजा-पद्धतियों को मानने वाला, विभिन्न जातियों, विभिन्न भाषाओं वाला देश है। हर व्यक्ति को अपने मजहब को पालने की छूट है। 'कोई मजहब नहीं बताता आपस में बैर करना'। वास्तव में ईश्वर एक है। और उसी एक सत्ता के अधीन हम सबका अस्तित्व है। अलग-अलग समय पर अलग-अलग जगहों पर विभिन्न कालों में बहुत से महापुरुषों का जन्म हुआ है। उन्होंने ईश्वरीय संदेश जन-जन तक पहुँचाया है। सबने एक ही संदेश पहुँचाया है। उस जगह जहाँ उस महापुरुष का जन्म हुआ, वहाँ उनके तमाम अनुयायी बन गए, जिन्होंने उस महापुरुष में ईश्वरीय शक्ति का अहसास किया और उनको मानने वालों ने एक पंथ, एक संप्रदाय या एक धर्म बना लिया। सभी धर्म और उनके प्रवर्तक सत्य, अहिंसा, प्रेम, समता, सदाचार और नैतिकता का पाठ पढ़ाते हैं।

मंदिर, मसजिद, गुरुद्वारे, चर्च—सभी पूजा व प्रार्थना के पवित्र स्थान हैं। इन स्थानों पर मनुष्य को आध्यात्मिक शांति मिलती है। इन सभी स्थानों को पुण्य भाव से देखना चाहिए।

धर्म, जाति या वर्ग के आधार पर गठित राजनैतिक नामों की मान्यता समाप्त की जानी चाहिए।

धर्म या जाति के नाम पर किसी भी वर्ग को विशेष सुविधाएँ नहीं देनी चाहिए। इससे लोगों में वैमनस्य बढ़ता है।

भारत एक धर्म-निरपेक्ष राष्ट्र है। यहाँ हर व्यक्ति को अपने धर्म का पालन करने और अपने तरीके से पूजा एवं इबादत करने की पूरी छूट है। यहाँ थोड़ी-थोड़ी दूरी पर लोगों की भाषा बदल जाती है। पूजा-पद्धति अलग-अलग जगह पर अलग-अलग है। कई संप्रदाय हैं, विभिन्न धर्मों आस्थाओं व परंपराओं में लोगों का विश्वास है। भारत की इसी विभिन्नता में भारत की एकता भी निहित है। लेकिन यह दुर्भाग्य है कि धर्म के कुछ ठेकेदारों ने विभिन्न धर्मों में आस्था रखने वाले लोगों को लड़ाकर अपनी रोटी सेंकी है और देश को कमजोर करने का काम किया है। देश की साधारण जनता शांतिप्रिय है, लेकिन समय-समय पर देश के कई भाग सांप्रदायिक दंगों की आग में जलते रहते हैं। यह संपूर्ण मानव जाति पर बहुत बड़ा कलंक है।

हमें इस देश में सांप्रदायिक सौहार्द और भाईचारे का वातावरण बनाना ही होगा। हमारा यह अनुभव रहा है कि यदि दो विभिन्न संप्रदायों को मानने वाले लोगों के बीच आपस में किसी भी बात को लेकर विवाद होता है तो कुछ लोगों एवं मीडिया के कुछ गैर-जिम्मेदार पत्रकारों द्वारा इसे सांप्रदायिक झगड़ा करार कर दिया जाता है, जो बाद में सांप्रदायिक दंगों में बदल जाता है। इसी प्रकार धर्म के नाम पर जुलूस निकालने तथा प्रदर्शन करने से भी सांप्रदायिक दंगों की आशंका बढ़ती है।

इसलिए इस प्रकार के कानून बनाए जाने चाहिए, जिसमें दो व्यक्तियो के बीच झगड़े को सांप्रदायिक रूप देने पर रोक लग सके। हर व्यक्ति को अपना धर्म निभाने, पूजा-पद्धति का अनुसरण करने की पूर्ण स्वतंत्रता है। प्रत्येक व्यक्ति की किसी भी धर्म के प्रति आस्था, ईश्वर में उसका विश्वास, यह उसका व्यक्तिगत मामला है, लेकिन सामूहिक रूप से मंदिरों, मसजिदों, गुरुद्वारों व चर्च इत्यादि में पूजा, इबादत अथवा प्रार्थना करने हेतु केवल धार्मिक स्थल के

भीतर ही कार्यक्रम करने अथवा किसी अन्य जगह व्यक्तिगत या सामुदायिक हॉल या मैदान के भीतर ही सामूहिक आयोजनों की अनुमति होनी चाहिए। सड़कों पर, सार्वजनिक स्थानों पर, धार्मिक जुलूस निकालने, आयोजन करने, नमाज पढ़ने, ढोल-नगाड़ा बजाने इत्यादि लाउडस्पीकर लगाने को पूरी तरह प्रतिबंधित किया जाना चाहिए। धार्मिक स्थलों पर भीड़ लगाकर जाने पर भी रोक लगाई जानी चाहिए। इस प्रकार सांप्रदायिक दंगों पर कारगर तरीके से रोक लगाई जा सकेगी।

सड़क सामान्य जनता के लिए आवागमन का साधन है, उस पर किसी को भीड़ लगाकर जनसाधारण के मार्ग को अवरुद्ध करने पर रोक लगाई जानी चाहिए। शादी-विवाह के मौके पर भी सड़क पर बारात निकालकर साधारण जनता को तकलीफ देने का किसी को कोई अधिकार नहीं होना चाहिए। इसी प्रकार पूजा-स्थलों व अन्य आयोजनों में बड़े-बड़े लाउडस्पीकर लगाकर ध्वनि-प्रदूषण कर साधारण जनता को परेशानी पैदा करने का अधिकार किसी को नहीं होना चाहिए।

□□□